Mon ange gardien sexuel
Argent
Pouvoir
Sexe

Johanne Landers

JOHANNE LANDERS

Jlprudhomme@msn,com
http://jlprudhomme.wix.com/johanne-landers
http://facebook.com/johanne.landers

Will Cooper collectionnait les femmes comme on fait la collection de timbres. Chaque soir il avait une nouvelle femme à son bras. Il ne les rapportait jamais chez lui, toujours à l'hôtel, jamais d'attache. Il ne voulait pas non plus les avoir près de lui à son réveil. Il les comblait et disparaissait. Il était considéré comme l'homme le plus riche de la planète qui faisait à sa guise.

— Will mon garçon, tu dois voir à ton problème, tu es la risée des médias. Tu dois arrêter de te faire photographier avec tous ces femmes. Tu ne pourrais pas être plus discret. C'est maintenant le seul sujet de conversation quand mes amis me rencontrent.

— Très bien, je vais y voir. Ne t'en fais plus pour cela papa.

Will souriait, son meilleur ami Dylan n'avait qu'un sujet de conversation, le club. Ce club où personne ne peut parler de leur vie privée, leur vie en dehors du club. Celui où tous les plaisirs du sexe sont possibles. Il décida qu'il était pour utiliser les plaisirs du club pour éviter les médias pour quelque temps. Il n'était certainement pas pour se priver de sexe.

—Salut Dylan, j'ai une grande nouvelle pour toi.

—Oui, quoi donc.

—Je vais retourner à ton club préféré.

—Non c'est pas vrai. Quand comptes-tu y aller?

—Je vais y passer ce soir.

—Bien je vais y être à 20h00.

—Parfait.

Angel terminait sa deuxième année d'université en architecture, elle voulait être la meilleure. Pour y arriver, elle devait travailler très fort. Ayant perdu son père à l'âge de trois ans, elle avait été seule avec sa mère, jusqu'à l'an dernier où celle-ci perdu la vie. Elle était devenue alcoolique et trainait tous les soirs dans les bars. On l'avait retrouvée morte derrière une ruelle. Angel n'avait pas voulu partir dans une autre ville pour vivre avec sa tante, elle avait préféré trouver une chambre à louer dans les environs et continuer son université ici.

Quatre ans plus tôt, elle avait dû trouver un emploi pour payer ses études et toutes les factures que sa mère négligeait. Elle s'occupait de la comptabilité d'un restaurant, trois soirs semaines et une journée dans la fin de semaine. C'était une employée assidue, elle n'avait pas manqué une journée de travail en quatre ans. Elle avait dû prendre une partie de ses économies pour payer le service funéraire de sa mère et toutes les dettes impayées qu'elle avait laissées derrière elle. Elle avait réussi à rétablir son budget pour payer son prochain semestre universitaire, mais à quel prix d'efforts? Elle ne mangeait plus à sa faim, elle dormait peu et travaillait trop. Elle se demandait si elle pourrait continuer comme cela longtemps. Aujourd'hui pour la première fois elle était malade, elle avait surement attrapé un virus.

— Bonjour M. Donald, c'est Angel. Je suis désolée, mais je ne pourrais pas entrer au travail aujourd'hui. J'ai contracté un virus qui me clou au lit, je suis fiévreuse, je ne voudrais pas que les autres employés attrapent se virus.

— Bon très bien, je t'attends demain alors.

— Oui, merci.

— "Demain, demain, si je peux me lever du lit oui."

Angel croyait sincèrement qu'elle ne serait pas plus en état le lendemain. Son patron actuel n'avait aucune sympathie pour aucun employé. Il était très sévère avec tous.

Dylan appela Will dans l'après-midi pour lui indiquer qu'il y avait de nouvelles filles au club.

—Salut Dylan.

—Salut Will, je voulais t'aviser que je suis sur le site internet du club en ce moment et que je vois qu'ils ont de nouvelles filles. C'est à faire craquer un homme.

—Intéressant.

—Non Will, elles sont plus qu'intéressantes, elles sont à faire rêver.

L'assistante de Will se présenta à sa porte.

—Will votre prochain rendez-vous est là.

—Merci Marlyne. Dylan je dois y aller. Je vais regarder plus tard avant d'aller au club.

—Très bien, je te vois ce soir.

Après le travail, Will prit une douche et s'installa à son ordinateur portable dans son salon avec un verre de whisky. Il entra sur le site sécurisé du club Le Repert. Il y avait bien cinq nouvelles filles. Elles semblaient toutes entre vingt-trois à trente ans. Will s'y rendait régulièrement maintenant. Il y avait plusieurs divertissements intéressent pour les membres. Les chambres étaient toutes différentes et spacieuses ainsi que les salles de bain. Elles étaient toutes équipées de jouets sexuels. Les filles étaient très soignées, elles étaient préparées par des équipes professionnelles. Chaque employé et chaque membre devaient passer des examens de dépistage aux trois mois. Les examens médicaux devaient être faits par le médecin choisi par l'entreprise. Le club offrait une multitude de possibilités. Le membre choisissait la personne de leur choix, du même sexe ou du sexe opposé, ou encore les deux. Tous les choix revenaient au membre du club, mais il devait faire son choix parmi des employés qui énuméraient leurs choix dans leur profil. C'était à employé seul d'énumérer ce qu'il acceptait dans les actes sexuels.

Angel n'avait pas passé une bonne journée. Son patron s'était fâché contre elle, car elle avait dû manquer trois jours de travail. Il l'avait mis en garde, que si cela se reproduisait, elle serait virée.

— Tu imagines Kelly? C'est la première fois en quatre ans que je manque le travail et il ose me dire ça.

— Il est vache ton patron.

— Oui, il n'est jamais de bonne humeur non plus. C'est probablement parce que son chiffre d'affaires ne s'améliore pas.

— Ce n'est quand même pas une raison pour s'en prendre aux employés.

—Toi de ton côté, tout semble aller bien avec tes ventes de vêtements par internet. Moi les seules choses que je peux faire sont d'aller à l'école et de travailler. Je ne peux même pas me payer une sortie ou une virée dans les magasins et cette vache qui ne m'a même pas donné d'augmentation pendant ces quatre ans.

Kelly baissa les yeux.

—Angel, je suis fatiguée de te voir dépérir de cette façon. Tu perds du poids, tu sembles épuisée et ton linge…ma pauvre. Depuis que tu as été malade, c'est encore pire Angel. Tu dois faire quelque chose, tu ne peux pas continuer comme ça.

—C'est ce que je viens de te dire, je n'en peu plus. Je crois que je vais devoir passer à autre chose, réviser mes buts dans la vie. Mais c'est très difficile, je veux tellement devenir architecte, j'ai travaillé tellement fort jusqu'à aujourd'hui pour y arriver.

—Ça fait plusieurs fois que je te dis que je peux te dépanner avec un prêt entre nous Angel.

—Oui et ça fait plusieurs fois que je te dis que ce n'est pas la solution, dans combien d'années pourrais-je te rembourser. Non, je ne veux pas opter pour cette solution.

Will devait rencontrer son père dans un restaurant que tous les deux appréciaient beaucoup.

—Salut papa, ça va bien?

—Oui mon garçon, et toi?

—Très bien

—J'ai remarqué qu'on ne te voyait plus ou moins devrais-je dire, dans les médias. J'apprécie mon garçon.

—On change de sujet là papa.

—Je ne sais pas ce que tu fais, mais c'est bien.

—" Non tu ne le sais pas et j'espère ne jamais te rencontrer au club." De quoi voulais-tu me parler papa?

—Buf! Je voulais juste savoir comment allait les affaires c'est tout.

—Ils vont très bien. Nous venons d'acquérir un autre centre d'achat que nous allons transformer à notre image. Celui-là par contre aura six étages de bureaux au-dessus.

—Six étages! Bonne acquisition dans ce cas?

—Oui.

—C'est très intéressant. Et l'agence de location de bureaux, ça va bien aussi?

—Oui. Je n'y vais plus beaucoup ces temps-ci, j'y passe une fois de temps en temps.

— Tu vas toujours continuer à prendre des étudiants en architecture pendant les vacances d'été pour leurs stages de travail?

— "C'était donc pour ça qu'il voulait me voir. Ah! Ah! Ah! Ses stages sacrés"

Will lui fit un sourire.

— Oui papa, je te l'ai promis, ce système restera toujours en place.

— Merci Will.

Will décida d'aller au club après. Il adorait son père, mais à soixante-douze ans, quelques fois il pouvait être exaspérant avec toutes ses questions. Le club Le Repert était ouvert vingt-quatre heures sur vingt-quatre et il y avait en tout temps des masseurs sur place ou si le membre voulait réserver en avance celui ou celle qu'il préférait, il s'adressait à une centrale téléphonique pour en faire la réservation. Dans ce cas, le club rejoignait l'employé pour savoir s'il était disponible.

— Bonsoir Monsieur.

— Bonsoir Mademoiselle. Mon nom est Rico. J'aimerais un massage complet donné par une femme.

— Vous pouvez y aller, monsieur, la chambre de massage huit vous attend.

Rico présenta sa carte pour pouvoir passer la porte rouge.

Will alla se doucher et se rendit à la chambre de massage huit. Le massage complet comprenait de le faire jouir s'il en avait envie.

Il se rendit ensuite au bar. Celui-ci était sombre, il n'était éclairé que par quelques lumières douces et par des chandelles. Il y avait des tables hautes avec tabouret pour quatre personnes qui étaient disposées de façon à ce que tous puissent voir les danseurs sur les plates-formes. Au milieu de la table était installé un écran à deux côtés qui pouvaient être utilisés pour voir le profil des employés. Dans les choix, il y avait l'amour vanille, la sodomisation, la soumission, les couples femme et homme, les couples gais, les groupes. Il y avait tout ce qu'une personne pouvait imaginer de sexuel, et tout ceci dans le plus grand respect, la propreté et le luxe. Le coût pour être membre était de cent mille dollars par an. Aucun cadeau en argent ou autre ne devait être fait aux employés. Ils étaient très bien payés toujours en fonction des préférences qu'ils avaient acceptées par contrat. Tout était bien pensé, en règle et légal.

Tous devaient ce tutoyé dans le club pour facilité les contactes. Les membres ainsi que les employés avaient un surnom. Personne ne devait savoir l'âge, le vrai nom, la position ou tout autre renseignement personnels entre eux. Il était stipulé dans les contrats des employés et des membres que s'ils se rencontraient en dehors des murs du club, ils devaient prétendre ne pas se connaitre.

— Bonsoir Rico, que puis-je te servir?
— Un Whisky, comme toujours Abel.

Il y avait toujours une femme et un homme qui dansait sur les plates-formes éclairées par des lampes de couleurs. C'était l'ambiance recherchée.

Il dégustait son whisky en regardant les danseurs et l'écran devant lui. Tout à coup il vit Marble. La tentation augmenta en lui, il ne l'avait encore jamais choisi, elle était nouvelle au club depuis quelques mois. Il défila son profil sur l'écran et vit que dans ses choix, elle allait jusqu'à la soumission. Elle n'était pas encore choisie, il entra son nom dans son profil pour la réserver et il devait choisir aussi la chambre qu'il voulait. Le bipeur de Marble s'actionnait. Elle voyait qui l'avait choisi et d'après le code, elle savait qu'il était là quelque part. Elle fit le tour du bar et le trouva.

—Salut Rico.

—Salut Marble, tu es en beauté ce soir.

—Merci

Marble était souriante. Elle était contente qu'il l'eût choisi.

—"Hum, lui je vais faire tout ce qu'il me demande, il est beau comme un dieu"

—Tu veux un verre avant de monter?

—Si tu veux.

—Oui, nous avons le temps.

—Bien, ce sera un whisky comme toi.

Il lui sourit et commanda son whisky. Ils vidèrent leur verre tout en parlant de choses générales naturellement.

— Tu viens, nous montons.

Il lui mit la main au bas du dos pour la conduire jusqu'à l'ascenseur.

—Quelle chambre as-tu choisie?

Il lui chuchota à l'oreille.

—La chambre rouge, je trouve qu'elle t'ira bien.

Marble sourit.

— "Pauvre amour, si tu savais, tu pourrais me faire l'amour où tu veux"

Le lendemain Kelly trouva Angel toujours assise au même endroit. Elle prenait son dîner. Elle alla s'asseoir près d'elle.

— Salut toi, ça va?

Angel ne répondait pas. Kelly s'aperçut qu'elle pleurait en silence. Angel s'essuya les yeux du revers de la main.

— Disons que je ne considère pas cette journée comme étant la meilleure.

— Ton patron encore! Qu'est-ce qu'il t'a fait cette fois?

— Il a décidé d'engager une firme comptable pour s'occuper du restaurant. Il dit que c'est moins risqué pour lui.

— Après quatre ans de bons services, ne me dis pas qu'il t'a viré?

— Oui, il m'a viré sans préavis. Je dois aller pour prendre mes choses ce soir.

Kelly ferma les yeux et envoya sa tête vers l'arrière et soupira.

—"Est-ce que je devrais lui en parler, elle est plus jeune, elle n'a que vingt ans merde. Elle va savoir pour ma double vie si je lui en parle. Et si elle n'accepte pas, je la perdrai. Elle ne voudra peut-être plus me parler. Je l'aime beaucoup et je suis tellement fatiguée de la voir se battre comme un chien dans la vie. Je ne suis pas sure qu'elle soit faite pour cela." Combien de temps peux-tu survivre pour te trouver un autre emploi?

—Pas longtemps et ça, c'est en prenant l'argent que j'ai mis de côté pour ma dernière année universitaire.

—Merde Angel! Écoute, regarde pour un emploi de ton côté et j'ouvre l'oeil du mien. Ça va aller?

—Oui, merci Kelly

Deux semaines plus tard, Angel n'avait toujours rien trouvé pour pouvoir subvenir à ses besoins tout en restant à l'université. Il lui fallait aussi mettre de l'argent de côté pour la prochaine année.

—Salut Kelly.

—Ah! Salut Angel. "Je dois faire quelque chose, elle fait pitié à voir". Tu as trouvé un emploi?

—Non, il demande de pouvoir mettre trop d'heures de travail.

—À quelle heure finis-tu tes cours aujourd'hui?

—16h00

—Je t'amène au café du coin, c'est moi qui t'invite. J'ai une proposition à te faire.

Angel ouvrit grand les yeux et sourit.

—Oui! Mais j'ai le temps là.

—Non, je ne veux pas parler de cela ici et je n'ai pas assez de temps.

—O.K. on se voit au café à 16h00.

Angel attendait Kelly, elle s'était pris un café. Elle la voyait venir du Campus. Kelly paraissait toujours bien, elle était magnifique. Angel l'enviait, elle se disait toujours que Kelly était une beauté, toujours souriante et très optimiste. Exactement ce dont Angel avait besoin ces temps-ci, une personne optimiste auprès d'elle.

—"Hum, quand on a l'argent et aucun problème, ça semble si facile."

—Est-ce que tu prends autre chose qu'un café?

—Non merci.

Kelly prit deux repas.

— Voilà, c'est un cadeau, alors tu dois manger.

Angel sourit.

— Il semblerait que je n'ai pas le choix.

Kelly laissa Angel manger avant de lui parler. Ensuite elle se lança.

— Angel
— Oui Kelly, tu me dis là. J'ai assez patienté.
— Tu sais, les apparences sont trompeuses quelques fois.
— Que veux-tu dire?
— Mon emploi...hé bien! Il n'est pas de vendre des vêtements sur internet comme je t'ai dit.
— Alors, que fais-tu comme travail? Pourquoi m'avoir menti?
— Je...c'est délicat.

Kelly regardant Angel pour avoir comme une approbation dans son regard.

— Écoute Angel, j'étais exactement dans la même situation que toi il y a six mois. Tu te rappelles. Après avoir commencé cet emploi, j'ai pu revivre enfin.

—Oui je sais et tu m'as dit qu'ils n'acceptaient pas de nouveaux employés. Alors, que fais-tu comme travail?

—J'ai rencontré une personne qui cherchait des candidats pour une maison de massages.

Angel avala difficilement.

—"Merde, elle ne va pas me dire ça non, pas Kelly"

—Angel, je ne savais plus quoi faire, les autres filles du logement étaient en rognes après moi, je n'arrivais plus à payer. C'est alors que je me suis dit que je n'avais plus rien à perdre. Aujourd'hui, je te vois dans la même situation que moi et ça me fait mal. C'est là que je travaille depuis et c'est un endroit des plus propre et respectable.

—"Propre!" " Respectable!" Kelly...que fais-tu exactement? J'ai peur de ne pas bien comprendre.

Kelly baissa les yeux.

—Pfff! Je croix que tu comprends bien. Le problème c'est que cela est dur à expliquer sans que ça regarde mal. Mais je te promets que cet endroit est très plaisant à travailler et très très payant.

—Ah!

—Mais quoi Ah! Je pourrais demander la permission de t'amener au bar, où il ne se passe rien en passant, tu pourrais voir et juger par toi même. Je te le dis Angel, c'est surprenant de voir ça, ils te préparent et ils te font te sentir si bien. C'est très respectable, je t'assure.

—"Ils te préparent! " Je dois y penser Kelly. Je ne crois pas être fait pour cela. Je ne pense pas qu'un jour je ferai ça. Je ne te juge pas Kelly, si toi tu es capable, c'est bien comme ça. Nous sommes dans le vingtième siècle après tout et le monde est très libéré.

—C'est ton choix Angel, je veux juste t'aider et c'est la seule façon que j'ai trouvée parce que tu ne veux pas accepter mon argent. Mais n'oublie pas qu'un autre travail te demandera dix fois plus que celui-là et l'argent entre beaucoup moins vite. Avec ce travail, tu te remettras sur tes pieds en un rien de temps.

—Oui, je comprends. Alors depuis six mois que tu fais cela?

—Oui. Tu sais pour faire partie de ce club, chaque employé et chaque membre doivent passés des examens qui sont faits par le médecin du club tous les trois mois et chaque fois que tu passes les portes du club, tu dois te doucher.

—Incroyable! "C'est supposé aider ça! " C'est quand même très rassurant de savoir cela. Il y a tellement de maladies.

—Oui. Les membres sont des plus respectueux et ils sont extrêmement riches. Si un employé fait une plainte à propos d'un client, le fondement de la plainte est vérifié et la personne fautive n'est plus admise au club. C'est très surveillé.

Kelly semblait voir qu'Angel s'intéressait de plus en plus, alors elle décida de poursuive la discutions. Elle lui expliquait la façon dont le club fonctionnait et que si Angel voulait, elle pouvait venir visiter et seulement postuler pour être serveuse au bar ou à la réception.

—Tu crois que le salaire serait meilleur qu'au restaurant? Je peux te demander combien ça paye.

—Oui, il y a des étapes tu vois, moi je ne fais pas tout.

—Que veux-tu dire?

—Angel, à vingt ans tu dois savoir qu'il y a différente façon de faire l'amour, le sexe quoi.

—Désolé Kelly, je ne sais pas. Je n'ai pas vraiment eu trop d'occasions tu vois.

—Bon très bien. Il y a le sexe vanille qui d'après moi est celui à laquelle toutes les femmes doivent commencer par ça, c'est faire l'amour avec douceur.

—Le sexe normal.

—Oui, si tu veux, c'est ça.

—Les autres?

—Tu sais, il ne faut pas oublier qu'au club, c'est toi qui choisit ce que tu veux faire et jusqu'où tu veux aller.

—C'est encourageant de ce côté aussi.

—Oui, comme je te l'ai dit Angel, c'est très respectueux.

—Dis-moi les autres sortes de sexe?

—Il y a la sodomisation que...je crois pouvoir facilement dire maintenant que tous les hommes aiment beaucoup faire ça aux femmes.

Angel la regardait, l'écoutait, mais aucune réaction de sa part.

—Tu connais Angel?

—Non, aucune idée de qu'est-ce que tu parles.

—La...sodomisation c'est....ben c'est la pénétration anale.

Kelly se sentait mal à l'aise, elle sentait qu'elle lui donnait un cours complet sur la sexualité. Angel avait dû comme la plupart des femmes connaitrent que l'amour vanille ou encore pire, l'amour d'adolescent. Angel écarta les yeux.

—Hum, j'ai déjà entendu parler de ça une fois oui, mais je ne savais pas comment on appelait cela.

—Ça semble terrible dit comme ça, mais crois-moi, quand c'est bien fait, c'est bien pour la femme aussi, tu sais. Quand une femme le fait pour la première fois, il y a une préparation plus minutieuse à faire, mais ça donne vraiment beaucoup de plaisir Angel.

—"Hé ben, merde! Elle le fait" Bien, y'a autre chose?

—Oui, les autres façons sont reliées à la soumission. Dans la soumission, il y a plusieurs niveaux.

—Ah! ça aussi, j'ai lu sur internet. Un peu incroyable.

—Ça aussi, il y a des règles très strictes et ils sont respectées au club. Bon les autres sortes sont plus de deux personnes, du même sexe ou non et aussi en groupe de plusieurs et pour finir les voyeurs qui aiment regarder, mais ne pas toucher. Au club, il y a des chambres où le membre regarde avec une partenaire ou pas, ils regardent ce qu'il demande à voir, mais les employés qui ne veulent pas se faire voir ne sont pas vus.

—Ouf! Quel club, intense!

—Oui, mais merveilleux aussi parce qu'ils font les choses dans le respect, la propreté, le grand luxe et tous pleins d'autres bons côtés.

—Alors, la paye?

—Tu ne lâches pas toi, quand tu poses une question, tu veux une réponse hein?

—Oui.

—Hum, tu vois, moi je suis à la sodomisation. Alors je fais mille cinq cents dollars chaque fois que cela est demandé. Si un homme me demande pour l'amour vanille, je fais mille dollars. Au début pour te faire connaitre, tu vas au bar. Ils te voient et te choisissent s'ils te veulent.

—Ils sont tous gentils avec toi?

—Oh!

Angel souriait maintenant

—Il y a trois hommes qui me font craquer au club. Deux d'entre eux ne m'ont choisi qu'une fois et l'autre, il me choisit chaque fois qu'il y vient. Il me réserve toujours pour s'assurer d'être avec moi.

—Le prince charmant.

—Oui, c'est vraiment lui que je préfère. Disons que nous sommes bien assortis. Mais je dois t'avouer qu'ils ne sont pas tous comme cela. Il reste qu'ils sont tous très gentils, très propres et très respectueux. C'est ce qui compte.

Le téléphone portable de Kelly sonna.

—Je dois le prendre. Tu vois Angel, ça, c'était le club qui m'appelait. Mon prince charmant me réclame pour ce soir.

Angel fit une grimace.

—Comment s'appelle-t-il?

—Au club, personne ne sait vraiment le vrai nom de l'autre. Tous se choisissent un surnom et tous se tutoient. Celui-ci s'appelle Bombe.

—Bombe! Ah! Ah! Ah! Quel nom si on pense au sexe! Mais pourquoi n'êtes-vous pas ensemble si tu dis que vous semblez être fait l'un pour l'autre?

—Tit, tit, tit. Angel, première règle. À ne jamais penser à ça. Les membres du club ne veulent aucun attachement permanent.

—Ils peuvent être mariés tu crois?

Kelly mit sa main sur celle d'Angel.

—Angel, ce n'est que du sexe après tout. Tu dois penser que le corps humain a été conçu pour cela et ce n'est rien de comparable à ce qu'on peut voir dans la rue. Oui, ils peuvent être mariés, homosexuel ou autres. N'oubli pas que le club surveille de près les employés et les membres pour que rien de personnel ne soi dit. Bon je dois aller me préparer. Pense à tout ça et on s'en reparle.

—Oui, bonne soirée

Angel pinçait les lèvres pour ne pas rire.

—Ce n'est pas drôle.

—C'est son nom. Désolé

Elles rirent et tous les deux et se donnait l'accolade.

—Je souhaite que tu te donnes une chance et que tu viennes avec moi un soir au bar. Je vais en faire la demande. Ce n'est pas n'importe qui qui entre là, tu sais. J'espère aussi ne pas avoir fait une erreur et avoir perdu la seule vraie amie que j'ai.

—Non Kelly, toi aussi tu es ma seule amie. Allez va, bonne soirée.

Angel partit de son côté. Elle se sentait bien après avoir mangé un bon repas et parler avec Kelly. Il était si rare ces temps-ci de pouvoir avoir un bon repas.

Kelly arriva au club. Dylan et Will étaient assis à leur table habituelle. Elle savait qu'ils se connaissaient bien. Elle alla les rejoindre.

—Bonsoir vous deux.

Elle prit place à côté de Dylan, car il l'avait réservée.

—Bonsoir Marble, comme ça c'est lui qui t'a encore réservé hein?

—Oui, premier arrivé, premier servi.

—Je n'ai pas d'autre choix que d'accepter la défaite.

—Tu n'as pas grand choix Rico, elle est à moi ce soir.

Angel arrivait bientôt à son stage pour cet été. C'était une chose qu'elle devait penser et s'occuper avant de chercher pour un travail. Elle avait déjà passé des entrevues dans trois firmes d'architecture. Mais il n'y en avait qu'une firme où elle rêvait d'être, la plus grosse de Californie. Chez Cooper.

Elle croisait Kelly quelques fois à l'université, mais cela faisait déjà deux semaines qu'elles ne s'étaient pas vraiment parlé. Elles s'étaient donné rendez-vous ce soir, toujours au café du coin.

—Angel, ça va?

—Oui et toi Kelly?

—Merveilleux. T'as trouvé un emploi?

—Non, mais j'ai quand même une bonne nouvelle.

—Quoi? Dis-moi.

—J'ai été choisi dans la firme que je voulais pour mon stage, il ne me reste plus qu'à rencontrer le grand patron.

—Super. As-tu pensé à ce que nous avons discuté aussi?

—Oui, je suis un peu partagé Kelly. Si je ne trouve pas d'emploi bientôt, je ne pourrai jamais avoir l'argent nécessaire pour les frais d'entrées de ma prochaine année universitaire.

—Angel, j'ai demandé à pouvoir t'amener au club, au bar seulement. Ils ont accepté, mais tu ne peux venir qu'une fois. Après, tu devras faire un choix.

—Bien

Kelly ouvrit grand les yeux.

—Tu veux venir?

—Ah! non, oui....merde Kelly. Je ne suis pas habillé pour venir dans un bar. Je n'ai que le linge que tu as vu sur moi, c'est tout.

—Écoute Angel, même si tu étais allée dans un bar, ce n'est pas pareil là bas au club. Ils nous habillent des pieds à la tête.

—Tout!

—Oui, tout. Tu ne t'engages à absolument rien non plus. Tu ne pourras accepter aucune offre non plus. La seule chose que tu dois signer est une feuille de confidentialité.

Angel regarda Kelly en ayant un long soupir. Elle hocha la tête en signe d'approbation.

——Bien, je vais essayer.

——Super Angel. Enfin! Tu ne le regretteras pas, tu verras. C'est la classe là bas.

——Si tu le dis.

——Ce soir ça t'irait?

——Ce soir, hum...O.K.

——Je passe te prendre chez toi à 19h00. N'oubli pas, même si tu prends ton bain et tout pour bien te préparer, arrivé au club tu n'as pas le choix de passer par la douche. Ensuite nous enfilons un peignoir et c'est eux qui nous habillent, nous coiffent et nous maquillent.

——Très bien, je t'attends à 19h00.

——"Prendre un bain ouin, j'en rêve. Mais ce n'est pas chez moi que je vais pouvoir, non juste une douche de poupée où je peux à peine me retourner. "

Angel se préparait, mais elle devenait de plus en plus anxieuse.

——"Merde, Angel, arrête. Ce n'est qu'une sortie. Qu'est-ce que ce sera si je dis oui, ouf!"

Kelly était à l'heure. Elles se rendirent au club et Kelly la guida.

— Bon, maintenant nous allons voir une personne qui nous guidera dans le choix de vêtements. Pendant ce temps, tu dois te choisir un surnom. N'oubli pas, tu dois m'appeler Marble, fait très attention. C'est le désavantage de se connaitre.

— Ne t'inquiète pas, je vais faire très attention.

— Bon allez, on y va.

Angel avait les yeux vert émeraude, ils étaient magnifiques. Elle avait la bouche pulpeuse comme sa mère, mais jamais elle n'avait mis de rouge à lèvres ou de vernis sur ses ongles. Elle avait les cheveux noir corbeau et un magnifique visage légèrement ovale.

— J'ai trouvé mon nom.

— Qu'est-ce que c'est?

— Tabou.

Kelly partit à rire

— C'est bien toi ça, la douce Tabou.

— Salut les filles

—Salut Corail, je te présente Tabou, mais elle vient tout juste de choisir son surnom alors nous devrons passer au bureau pour voir s'il est accepté.

—Ne vous dérangez pas, je vais faire l'appel d'ici. Bon, qu'avons-nous ici pour une beauté pareille.

Angel rougit.

—Timide en plus. Tu vas les faire fondre mon petit.

L'habilleuse lui trouva une robe de la couleur de ses yeux.

—Regarde-moi ça. Elle fait partie d'une collection qui vient d'arrivée. Essaye là ma belle.

Kelly avait choisi une robe, elle était prête et attendait Angel depuis cinq minutes.

—"Bon, je vais voir." Tabou, ça va là dedans?

—Non ça ne va pas, j'ai oublié mes sous-vêtements dans le casier.

Kelly lui parla doucement.

—Tabou, il n'y a pas de sous-vêtements avec ses robes. Sort que je te vois. Whouaw! Tes yeux sont magnifiques avec cette robe.

Angel arqua les sourcils.

—Moi c'est la robe que je voudrais que tu regardes.

—Elle est magnifique, tu es magnifique. Je ne t'avais jamais vu habillé de la sorte et je suis ébahi.

—Toi aussi tu es magnifique Marble. C'est très embarrassant sans sous-vêtements.

—Tu verras, quand tu marcheras, la soie glissera sur toi. N'y pense pas.

Elles chaussèrent leurs pieds de délicates sandales, pour ensuite passer à la coiffeuse et à la maquilleuse.

Angel et Marble se regardaient maintenant dans une énorme glace.

—Nous sommes prêtent.

—Bof! je me sens très mal à l'aise.

—Ça va aller, ne t'inquiète pas. Je ne te laisserai pas seule.

Angel avait les mains moites.

— Quand nous allons entrer dans le bar, nous prendrons une consommation.

— Je n'ai pas apporté d'argent.

— C'est gratuit, mais pas vraiment. Si un homme te choisit, c'est sur son compte que tes consommations iront. Nous prendrons du vin rouge et tu le boiras doucement. Ça t'aidera à relaxer un peu.

— Oui, très bien.

— Regarde, tu es magnifique. Quelle transformation! Tu aimes?

— Oui beaucoup. Je dois avouer que je me sens comme une princesse.

— C'est exactement comme cela que tu seras traitée ici.

— Tabou, je viens d'avoir le O.K. pour que tu gardes ce surnom.

— Merci

— Allez ont entrent.

Quand Kelly et Angel entrèrent au bar, le silence tomba. Le seul son qu'on pouvait entendre était la musique douce du bar. Elles s'installèrent au bar. Soleil souriait.

— Je n'ai jamais vu mon bar si silencieux. Corail m'a appelé pour me dire que la plus belle des femmes allait entrer dans mon bar dans quelques secondes...c'était vrai.

Angel pouvait voir tout le bar dans les miroirs en face d'elle. Un homme s'approchait à grands pas.

— Bonsoir Marble.

— Ah! Bonsoir Bombe.

Angel pinça les lèvres.

—"Ah! c'est lui sa bombe. C'est vrai qu'il est beau"

—Je voudrais te présenter une amie à moi qui vient pour une visite pour ce soir. Voici Tabou.

Il lui fit les yeux doux, lui prit la main et l'embrassa.

—Quel beau nom en plus! Vous venez vous asseoir à notre table. Rico est là.

—Allez y les filles, j'apporte vos consommations à notre table.

—Merci

—Corail, tu mets tout sur mon compte.

—Parfait.

Kelly se pencha vers Angel, elle lui prit le bras et lui chuchota que ceux-là étaient deux de ses meilleurs.

— Comment fais-tu pour...
— Shut!
— Rico, je te présente Tabou, une amie à moi. Elle n'est qu'en visite ce soir.

Rico sourit à Kelly avant de tomber dans les yeux d'Angel qu'il ne lâchait pas des yeux. Il lui prit la main et lui fit la bise.

— "Whouaw! Juste ça et j'ai envie de tomber dans les pommes...ridicules."

Bombe riait.

— Tu as exactement la même réaction que moi Rico, avec un surnom pareil.
— Mais pourquoi mon surnom vous fait-il sourire?

Will se leva pour l'inviter à s'asseoir près de lui et il lui fit un clin d'oeil.

— Viens t'asseoir près de moi, je vais t'expliquer. Tu sembles si jeune que...cet établissement devrait t'être tabou. Toi tu devrais être tabou pour nous. Tu es bien trop jolie pour être ici.

Bombe arqua les sourcils.

—J'ai probablement mal choisi mon surnom.
—Non Tabou. Toi Rico, qu'est-ce que tu dis là. Ne l'écoute pas, il est trop romantique à la rose lui. Tu ne devrais pas être trop jeune puisqu'ils t'ont laissé entrer ici.
—Je ne suis pas trop jeune, j'ai...

Kelly leva la main. Elles s'étaient accordées pour que si Kelly levait la main, Angel devait cesser de parler. C'était le signe qu'elle ne devait pas parler de ça.

—Non Tabou, attention on ne dit rien de nous qui soit personnels, rappelle-toi.
—Oui désolé.

Bombe s'activa sur l'écran en face de lui et fit la réservation de Kelly. Il se pencha et donna un baiser sur la tempe de Kellly.

—Tiens, ma petite chérie, tu es prise pour la soirée.

Kelly souriait à pleines dents, son bipeur s'activait.

Dylan regarda Will avec un air de combat gagné. Ils souriaient. Will ne se sentait pas offusqué du tout. Il espérait même que cela arrive ce soir. Il voulait se retrouver seul avec Angel. Il croyait qu'il y avait erreur et qu'Angel n'avait pas les vingt ans requis pour se retrouver là.

Will commanda un autre verre pour tous, mais Angel n'avait pratiquement pas commencé le sien. Kelly se leva pour entrainer Dylan avec elle.

—Écoute Bombe, je ne veux pas te dire non, mais j'ai un travaille à faire avant, je dois faire visiter à Tabou.

—Ah! Je croyais que nous y allions bientôt Marble. Bon, j'accepte, mais je vais te faire travailler plus fort encore.

—Pourquoi n'y allez-vous pas? Je vais m'occuper de Tabou et de la visite.

—Tu en es sure?

—Oui. Il regarda Angel avec un doux sourire.

—"Il est à craquer ce mec. S'il présente ce gars à toutes les filles qui visitent, c'est certain qu'elles doivent toutes craquer comme moi"

—Ne te sens pas mal de me dire de rester avec toi Tabou, je te l'avais promis.

—Non, ça va...je suis une grande fille.

Elle regardait Will dans les yeux.

—Rico, je te la laisse, mais seulement parce que j'ai confiance en toi. Vient avec moi un instant Tabou, je veux te parler avant de partir.

Elles s'éloignèrent de la table.

—Tabou, je dois te dire que l'envie ne me manque pas quand c'est Bombe, j'ai vraiment des problèmes à lui résister. Tu comprends je ne veux pas le décevoir non plus, car c'est mon meilleur client.

—Sans problème Marble, Rico semble très respectueux.

—Il l'est, sinon je ne te laisserais jamais seule avec lui. N'oubli surtout pas. Ils sont tous ici pour satisfaire leur plaisir, ils sont très charmeurs avec nous tous. En dehors d'ici, tu n'y penses plus. Alors je te fais confiance?

—Oui, je suis certaine de n'avoir aucune crainte avec lui. Vas-y.

—Écoute Tabou, si jamais je suis trop longtemps, je te donne la combinaison de mon casier et tu prends de l'argent dans mon pantalon pour prendre un taxi.

Bombe arriva près d'elles, il devenait impatient, on pouvait voir son érection.

—Tu as besoin d'argent pour le taxi Tabou?

—Ça va, je lui ai dit quoi faire. Viens.

—Très content d'avoir fait ta connaissance Tabou, mais là, il y a urgence.

Angel sourit et retourna s'asseoir avec Will

—Écoute Rico, je ne veux pas gâcher ta soirée. Tu n'es pas obligé de me faire faire le tour. Je peux attendre Marble.

Il lui prit la main et mit l'autre main sur le dossier du tabouret derrière elle.

—Non, tu ne gâches surtout pas ma soirée. Juste te voir, cela reste le plus beau de la soirée. C'est même un honneur. Nous allons discuter un peu et prendre un autre verre avant de commencer la visite. Ça va avec toi?

—Oui, merci c'est très gentil, mais je ne peux me permettre de prendre un autre verre.

Il commanda son verre.

—Marble est une fille très bien ici, elle est très jolie et très respectueuse. Ah! Quand Bombe la voit, il est parti. Ils s'entendent bien ensemble, ici dans les murs du club.

Ils restèrent à discuter et rirent pendant une heure. Angel se sentait maintenant tout à fait à l'aise. Will avait pour but de la détendre et il avait réussi.

Juste avec son bras derrière elle, il sentait la chaleur que son corps dégageait. Il aurait voulu la toucher, la caresser, mais il savait qu'il aurait perdu sa confiance. Il aurait tout donné pour la serrer dans ses bras maintenant, tout de suite.

—Tabou, tout à l'heure tu étais sur le point de me dire ton âge, n'est-ce pas?
—Effectivement, oui.

Will baissa le ton de sa voix et se pencha vers Angel.

—Tu sais pour Marble, c'est facile. Elle a entre vingt-trois, vingt-sept, pas plus. Mais pour toi, je te donnerais...Hum, tu sembles si jeune.
—Alors quel âge me donnes-tu?
—Dix-sept ans.

Elle partit à rire.

—Si peu!

—Je sais très bien que tu dois avoir vingt ans pour être ici. Mais quand même, tu as l'ère très jeune.

Angel lui fit un sourire un peu espiègle. Le vin combiné à Will, elle était détendue.

—Non Rico, je suis plus âgé que cela. Mais toi Rico, je me demande bien quel âge tu as.
—Alors, devine toi aussi.

Elle se mordit la lèvre inférieure et pensait. Rico dut prendre une grande respiration, il sentait son érection qui le dérangeait et lui faisait maintenant mal.

—"Merde joli petit ange, ne te mords plus la lèvre comme ça. Je dois lui montrer l'effet qu'elle me fait ou pas?"
—Je dirais dans le début de la trentaine.

Il lui fit un clin d'oeil. Elle riait maintenant. Le petit sourire timide avait disparu. Elle était si belle.

—Tu es prête pour la visite?
—Oui je te suis.

Elle descendit de son siège la première et il la rejoint et lui mit la main au bas de ses reins. La robe qu'on lui avait prêtée était complètement ouverte au dos, jusqu'au début de son bassin. Elle pouvait sentir la douceur de sa main quand elle avançait, c'était bouleversant.

— C'est par ici, nous allons faire le tour du bar et cela te donnera une bonne idée de la clientèle. Ça t'aidera dans tes choix à faire.

— Bien. "Merde! Je ne pourrai jamais faire ça…avec Will oui, mais les autres…non. "

Angel ne savait pas vraiment quoi lui dire. Elle regardait partout, elle ne voulait rien manquer. Il y avait des choses qu'elle aimait et d'autres non. Par exemple l'homme qui semblait très âgé, elle ne se voyait pas du tout dans ses bras, mais dans ceux de Rico, l'idée devenait beaucoup plus acceptable.

— Voilà pour le bar, nous allons monter à l'étage. Tu voudrais peut-être un autre verre de vin avant.

— Non, c'était mes deux premiers verres de vin, alors pour ce soir, ce sera assez.

— Bien, dans ce cas nous allons continuer. "On voit bien que tu n'as aucune expérience de la vie ma belle. "

— Parfait.

—Ah! Avant que nous montions aux chambres, est-ce que Marble t'a parlé des chambres de massages et de bains que nous avons en bas?

—Non, pas du tout.

—Dans ce cas, nous allons commencer par là.

Il avait toujours sa main dans le dos d'Angel. Cette sensation de douceur que cela procurait à Angel devenait insupportable et en même temps vitale. Incroyable.

Ils passèrent à travers plusieurs corridors. Tout était luxueux, très propre et vraiment ces salles avaient une décoration à couper le souffle. L'architecture était à l'honneur ici.

—Oh! C'est si joli. Je croyais que tu parlais de bain ordinaire, pas comme ça. Eux sont à faire rêver.

—Ils sont tous faits avec d'énormes roches plates et ils ont tous des fontaines ou chutes.

—Mais...

—Mais quoi ? N'hésite pas à poser des questions, je suis là pour ça.

—C'est un peu bête comme question. Mais, nous sommes dans un endroit pour le sexe et...il y a du sexe aussi dans ces bains?

—Oui, exactement comme tu dis, ici c'est pour la satisfaction sexuel.

—Mais les condoms devraient toujours être utilisés ici?

—Absolument, ils sont même fournis ici et obligatoires.

—Mais alors, on peut utiliser des condoms dans l'eau?

—Hum, oui Tabou.

—"Hé voilà! Elle n'a peut-être pas dix-sept ans, mais ses connaissances sont définitivement très restreintes en la matière."

—"Merde je devrais garder mes questions pour Kelly, il va croire que je suis bête...ce qui est le cas concernant le sexe oui".

—Regarde ici Tabou, il y a un autre bain, mais beaucoup plus grand. C'est pour des groupes.

—Ouf! Je n'aime pas.

Il lui sourit.

—Nous allons monter à l'étage des chambres et je te montrerai ceux qui ne sont pas occupés. Il y a aussi là haut, certaines chambres...disons qu'elles sont séparées en deux par une vitre dont on ne peut voir que d'un côté. C'est pour ceux qui aiment voir d'autres personnes faire l'amour. Il y a aussi les chambres pour les personnes qui aiment s'amuser avec la soumission.

—Marble m'en a parlé.

—Très bien.

Il lui montra quelques chambres qui affichaient libre.

— Ce sont des chambres très simples que je viens de te montrer. On les appelle, les chambres vanille.

— Marble m'a expliqué un peu.

— Nous pouvons maintenant visiter les autres chambres où tu préfères attendre et ne commencer que par eux?

— Je crois que pour ce soir ce sera assez. Merci.

— Je suis d'accord avec toi. Retournons au bar.

— "Merde oui, j'en ai assez vu avec toi, j'en ai mal au ventre et je suis tout trempé." Je crois qu'il serait préférable que je parte.

Ils reprirent l'ascenseur pour retourner à l'étage principal.

— Tu es toute pâle, tu te sens bien?

— Oui, j'ai juste un peu chaud, c'est tout.

— "Et si je te l'enlevais cette chaleur."

Il lui prit sa main. Elle ne voulait plus la lâcher, tout chez lui était comme un aimant pour elle. Will se pencha pour lui chuchoter à l'oreille.

—Tu permets que je sois le premier?

—"Tu ne peux pas si bien dire." Hum…

Il ne lui laissa pas le temps de répondre et lui donna un tendre baiser et il dût ouvrir ses lèvres avec sa langue tellement elle ne semblait plus savoir quoi faire.

—"Oh! mon Dieu! Il embrasse...comme un Dieu. Rien à voir avec les collégiens ça. Voilà, je suis perdue.''

Il se recula et la regarda. Il sourit, elle n'avait pas encore ouvert les yeux. Puis elle les ouvrit et le regarda sans savoir quoi dire.

—Oui.

Il prit un air surpris

—Tu m'as posé une question, je te réponds que oui.

—Ah oui! Désolé. Tabou je crois que tu me fais perdre la tête.

—''Pareille pour moi, c'est l'enfer. Je ne sais même plus marcher.''

Elle se mordit la lèvre à nouveau. Quand Will la vit faire ça, il se ferma les yeux pour quelques secondes.

— "Si elle mord sa lèvre à nouveau, je suis mort, je l'entre dans une chambre. Elle semble n'avoir aucune idée de sa beauté et comment elle peut rendre un homme fou." Alors la réponse est oui, mais tu ne veux pas ce soir c'est ça?

— Non, non. Je ne peux pas ce soir. Je dois passer les examens médicaux avant et rencontrer une personne qui doit m'expliquer pour le contrat. Désolé

— "Si tu savais comme je suis plus que désolé encore." On retourne au bar pour voir si nos amis sont de retour.

— Oui bonne idée.

En entrant dans le bar, Angel était soulagé de voir Marble et Bombe de retour.

— Tu veux un jus, un café ou un coca?

— Juste un peu d'eau s'il vous plaît.

— Bien, va les rejoindre et j'apporte les consommations.

Angel se retourna pour rejoindre ses amis et elle se sentit soudain si nue sans la main de Rico dans son dos.

—Hé! Tu as fait le tour?

—Oui, c'était assez...impressionnant. Mais je n'ai pas vu toutes les chambres.

Will apportait les consommations pour eux quatre. Il mit son verre devant elle. Elle le regarda et il lui fit signe que oui. Elle se demandait si c'était bien de l'eau, car le contenu était vert. Il lui sourit et lui expliquait dans l'oreille que maintenant, il était possible de donner des couleurs à l'eau sans en changer le goût, c'était plus exotique.

Bombe les regardait et il souriait.

—Je crois déceler entre vous deux de la complicité déjà.

—Bombe, tu te fais des idées. Mais pour une fois, je peux dire que je t'ai devancé.

—Quoi! Tu n'as pas fait ça Tabou?

—Quoi! Mais de quoi parles-tu?

Marble pensait que Rico avait déjà couché avec Angel tellement ils semblaient unis.

—Non Marble, calme-toi, Tabou n'a rien fait de ce qu'elle ne devait pas faire ce soir.

Will la prit par les épaules et la regarda.

—C'est juste que si Tabou décide de travailler au club, elle me réserve sa première soirée.

Il l'embrassa sur la tempe.

—"C'est comme si chaque fois qu'il me touche, il me brûlait la peau"

Will n'enleva pas le bras des épaules d'Angel avant que tous décident de partir. Les garçons les reconduisirent jusqu'au vestiaire des femmes . Elles les regardaient marcher le long corridor jusqu'au vestiaire des hommes. Les hommes n'avaient pas le droit à leur portefeuille et téléphone portable, ils devaient les laisser dans des casiers eux aussi, par contre, ils pouvaient garder leurs vêtements.

—Tu là sauté ou quoi?
—Ah! Que tu peux être vulgaire quand tu veux! Non, elle n'en avait pas le droit ce soir. Mais je dois dire qu'elle m'a tenu en douleur de la première minute à la dernière.
—Tu sais que tu peux te faire soulager avant de partir d'ici.
—Non, je rentre chez moi.

— Will, je crois qu'elle va vraiment faire une explosion au club celle-là. Je pouvais voir les éclaires fusées entre vous deux. Tu sais que tu peux te faire très mal à t'attacher à une fille d'ici. On ne connait pas leur vie, leur passé, leur présent. Tu sais très bien qu'elles passent d'un homme à l'autre, même si c'est respectueux et très surveillé ici, ça reste quand même cela.

Ils étaient dans le stationnement.

—Dylon, tu t'écoutes parler là. Tu crois que nous ce n'est pas la même chose. Ah! Ah!, mais Dylon, nous passons d'une femme à l'autre. Ici, il y a des femmes qui couchent avec des hommes qui y sont employés, tout comme Tabou et Marble. La seule différence est que nous ont payes et elles, elles sont payées. N'oublie pas qu'il y a aussi des femmes qui sont membres et elles viennent ici coucher avec des hommes.

—Bon c'est vrai. Tu m'as bien joué en prenant le premier soir quand même. Mais tu sais Will, j'aime bien ma petite Marble.

Will riait en entrant dans sa voiture.

—"Ce Dylan, quel numéro! Tu es beaucoup trop pervers pour un petit ange comme ça."

Bon matin Will, ça va bien...oups!

Will avait déjà fermé la porte de son bureau sans que Marlyn est eu le temps de finir sa phrase.

— Marlyn, je peux avoir un café s'il vous plaît.

Dix minutes plus tard, Marlyn entra et elle lui apportait son café et deux cachets d'aspirine.

— Merci Marlyn.

Will vit qu'elle lui tendait les deux cachets. Il tendit le bras pour les prendre. Marlyn souriait.

— Une nuit dure mon petit patron?

Il ne disait rien et fit la grimace. Elle n'insistait pas et sortit.

— "Une nuit dure oui et j'ai l'impression que je viens de tomber en enfer. Je me suis contenté sexuellement environ dix fois et encore, impossible de m'endormir. Mais cette jeune fille ne sait tellement pas qu'elle effet elle me fait. C'est du vrai martyre sexuel. Si mon père savait ça, il dirait que je l'ai bien mérité."

Il prit le téléphone et appela le club pour réserver Marble le plus tôt possible.

——Très bien monsieur, j'entre en communication avec elle et vous rappelle.

Pour ce qui était du centre d'appels pour les réservations, ils avaient choisi une compagnie suisse, loin des États Unis pour plus de sécurité. L'agente le rappela dans la demi-heure qui suivit.

——Elle pourra être là à 10h00 monsieur. Est-ce convenable pour vous?
——Oui, c'est parfait.

Kelly s'inquiéta après que Rico l'ait réservée. Elle téléphona Angel pour savoir comment elle allait après la soirée d'hier.

——Salut Angel.

Aucune réponse à l'exception d'un grognement.

——Angel c'est moi Kelly. Ça va?
——Quelle heure est-il?
——7h20, je sais que c'est tôt, mais hier nous n'avons pas eu beaucoup de temps pour parler, ton taxi est arrivé si vite. Écoute c'est bizarre ce qui vient de ce produire Angel.
——Quoi?

—Rico m'a fait demander le plus vite possible. Je lui ai dit que j'y serais à 10h00.

—Pourquoi, Ah non merde! Désolé d'avoir demandé ça?

—J'ai des doutes tu vois. Soit que tu lui as fait un effet monstre et qu'il n'a jamais pût s'en passer de toute la nuit ou je ne sais pas quoi, je ne comprends pas. Là je dois savoir s'il c'est passé quelque chose entre vous hier.

—Bien, il m'a embrassé.

—C'est tout. T'a-t-il fait des attouchements ou autres?

—Non, mais je peux te dire que moi je n'ai pas dormi de la nuit à cause de lui.

—Angel, nous en avons parlé de ça. On va en reparler, tu ne peux te permettre de ne focaliser sur aucun d'eux. Tu te rappelles, ils peuvent être mariés. Tu ne te feras que du mal. Je dois me préparer. J'ai des cours cet après-midi et on se revoit après si tu veux.

—Parfait, au café à 16h00.

Angel n'avait pas pu lui dire au revoir tellement elle bâillait. Elle était tellement fatiguée. Quelle nuit de torture!

—Bonjour Rico

—Ah! Bonjour Marble. Prends une chaise.

On leur apporta du café et des assiettes de fruits exotiques.

—Qu'est-ce qu'il y a Rico! Un problème avec hier, est-ce que Tabou aurait fait quelque chose qu'il ne fallait pas?

—Marble.

Will mit ses mains sur son visage pour pouvoir reprendre ses esprits.

—Marble, elle n'a aucune expérience?

—Rico, que me fais-tu bon Dieu? Tu sais très bien que je ne peux pas te répondre. Mais elle a définitivement l'âge d'être ici. Alors c'est son choix.

—Marble, elle n'est pas juste jeune, elle est très loin d'être expérimentée pour venir ici. C'est de lui faire du mal, je ne crois pas qu'elle comprend toute l'implication dans laquelle elle est sur le point de s'engager.

—Écoute Rico, je te répète que c'est son choix et non le mien.

—C'est terrible.

—Si c'est si terrible, pourquoi avoir réservé sa première soirée au club?

—Pour la sauver d'un pervers.

—Comme si...

—Quoi?

—Rien

—Dissuade là Marble. Elle est trop jeune et trop pure pour un endroit comme ici. Certaines personnes peuvent être jeunes et expérimentées, mais elle, elle est jeune et inexpérimentée.

—Écoute Rico, si elle le fait, c'est son choix et j'ajouterai qu'elle en a besoin.

—Ses besoins, si c'est cela je vais lui en donner de l'argent moi.

—Rico merde, tu n'as rien compris. Vous venez ici pour avoir une certaine indépendance et discrétion, n'est-ce pas?

Il lui fit signe que oui.

—Hé bien, nous aussi. L'indépendance de ne pas demander la charité. L'indépendance de ne pas faire parti du monde des ratés. Alors on passe par dessus notre orgueil et on le fait, dans ce club ou, au moins ici c'est proprement fait avec respect. Quand nous sortons du club, on laisse tout ici et en dehors, nous pouvons avoir une vie plus normale.

—Je comprends Marble, je comprends très bien. Mais elle…

Il leva les bras en l'air.

—Qu'est-ce qu'elle a de différend elle? Elle mange comme tout le monde, elle doit payer ses factures comme tout le monde et arrête, nous ne sommes pas censés parler de tout cela.

—Non Marble, elle n'est pas comme les autres. Elle est trop jeune et trop naïve. Tu la lances dans un monde qu'elle ne connait pas. Tu sais très bien les choix qu'elle devra faire, que la plus jeune catégorie est de vingt à soixante-dix ans. Tu la vois avec un homme de soixante-dix ans, naïve comme elle est. Il peut la marquer à vie.

—Ce n'est pas comme si ce n'était jamais arrivé et cela ne veut pas dire que cette personne ne sera pas gentille avec elle.

—Hé bien moi, je ne veux pas la voir là.

—Rico, ce n'est pas à toi de choisir sa vie et si tu as un problème avec ce club, tu devrais ne plus venir, car tu vas te faire du mal. Tu sais très bien que tu ne peux pas t'attacher à personne.

—Elle est si jeune et si belle que plusieurs hommes la réserveront le premier mois, je ne veux même pas y penser.

—Je pourrais te dire réserve-là toi, mais cela va à l'encontre des règles du club. Va t'en Rico et oubli là. Tu ne devrais pas la prendre le premier soir, je crois que ce serait te faire du mal et peut-être lui en faire à elle aussi. Si les hommes la réservent, au moins elle aura ce qu'elle vient chercher ici, de l'argent pour pouvoir survivre dans ce monde.

— Avant que tu partes Marble, je voulais te dire qu'hier j'ai eu l'impression que Tabou était vierge. Informe-toi auprès d'elle s'il vous plaît.

Marble fronça les sourcils.

— Mais voyons Rico, si elle a accepté de venir au club, c'est parce qu'elle n'est plus vierge.

— N'oublie pas Marble, tu es la seule à ce point-ci qui peut faire quelque chose. Je ne voudrais pas être la personne qui doit s'opposer à sa venue, si tu ne fais rien, moi je vais devoir le faire. Dis-moi que tu vas lui parler. Je ne voudrais pas qu'elle ait le sentiment d'être rejetée si c'est moi qui fait quelque chose.

— Très bien, je vais lui parler aujourd'hui même. Tu es content là. Cela ne veut pas dire que je vais réussir, tu sais. Ça fait plusieurs fois que j'essaie de lui passer de l'argent, mais elle ne veut rien savoir de devoir de l'argent à qui que ce soit.

— Je t'en conjure, essaie.

— Mais Rico, ce n'est pas cela qui lui apportera la nourriture sur la table. En plus, tu vas me faire virer d'ici avec cette histoire. Ils vont savoir qu'il y a quelque chose qui cloche si tu me donnes des rendez-vous ici seulement que pour me parler et je ne veux pas de ton argent comme ça. Je dois refuser de te revoir.

—Ah merde! Marble, fais ce que tu veux, mais parle-lui.

—Je vais essayer, comme je te l'ai dit. Est-ce que tu veux monter à la chambre maintenant?

—Non désolé, je vais payer pour mille cinq cents.

—Bon, si tu insistes, mais ne me donnes plus rendez-vous. Jje la voit ce soir. Évite de me refaire ce coup-là tu veux bien.

Il lui fit signe que oui. Tout à coup, il la retient par le bras.

—Je serais prêt à payer pour votre liberté à toutes les deux.

—Rico, si je sors d'ici, je ne pourrai plus voir Bombe, tu comprends. Rien ne me dit qu'il voudra me voir en dehors de ces murs.

Elle baissa les yeux, elle réalisa qu'elle avait laissé ses sentiments personnels parler pour elle.

—Merde, nous parlons trop là. La seule façon que je sortirais d'ici, ce serait avec lui. Mais ne lui dis pas cela, car s'il ne veut pas d'attachement, je ne le reverrai plus. Je ne pourrai plus l'avoir, ni ici ni dehors.

Kelly alla à ses cours, mais n'avait que les dernières paroles de Rico en tête. Pouvait-elle être vierge?

—Angel, on doit vraiment parler.
—Ah! Salut Kelly.

Angel ne voulait pas parler à Kelly. Pas après qu'elle est faite l'amour à Rico. Celui avec qui elle était le soir d'avant et qui lui avait demandé sa première nuit. Celui qui l'avait embrassé comme un Dieu. Ce n'était qu'une affaire de sexe et Angel avait réalisé qu'elle aurait des problèmes à contrôler ses sentiments pour lui. Quel début!

—Je n'ai vraiment pas beaucoup de temps.
—Angel, pas de choix, on doit parler.
—Bon très bien, mais je n'ai vraiment pas beaucoup de temps. Je dois aller pour l'examen médical au club.
—Déjà! Alors c'est décidé?
—Oui, je n'ai pas le choix Kelly.
—Ah merde!

Kelly prit sa tête entre ses deux mains.

—Qu'est-ce qu'il y a Kelly?
—Angel, s'il vous plaît. Je vais te donner mille dollars, mais je t'en prix, on doit parler avant

l'examen médical. Appelle au club et change ton rendez-vous. C'est très important.

—Bien, je vais voir ce que je peux faire et te laisserai savoir.

Angel ne comprenait pas l'attitude de Kelly. C'était pourtant elle qui l'avait incité à faire ce travail. Angel regarda Kelly avec surprise.

—Comment ça c'est passé ce matin?

Kelly comprit la réticence d'Angel et pourquoi elle semblait ne pas vouloir lui parler.

—Nous n'avons que parlé.

—C'est pour cela que tu dois me parler?

—Oui.

—Très bien, je t'appelle ce soir avant de me rendre au club, mais là, je dois partir.

Angel retourna chez elle. En arrivant, elle eut la mauvaise surprise de trouver les ambulanciers sur places. Les voisins étaient dehors.

—Que ce passe-t-il?

—Hum, Madame Petterson est décédée. Malheureusement ils n'ont pas pu la sauver. Sa fille est là.

Elle entra et alla déposer ses choses dans sa chambre avant de retrouver Cathy dans la salle à manger.

—Bonjour Cathy, je suis vraiment désolé pour toi.

—Ah! Bonjour Angel. Tu devais t'en attendre, elle entrait dans l'âge.

—"Elle n'avait que soixante-neuf ans, que dit-elle?" Hum.

—Bon, écoute Angel, j'ai parlé à mon frère et il y a longtemps qu'il voulait revenir par ici, mais avec sa famille, il n'avait pas d'endroit pour habiter. Maintenant que cela est arrivé, il va venir demain et sa famille suivra dans quelques jours. Il voudrait préparer la maison et il veut que tu te trouves quelque part à rester, chez des amis ou de la famille, car il ne veut pas de pensionnaire.

Angel avait peur d'avoir bien compris.

—''Le salaud! Déjà que je ne l'aime pas celui-là.'' Il ne veut pas que je parte tout de suite quand même, juste comme cela non c'est impossible. La seule amie que j'ai, elle habite avec des amies, elles sont déjà quatre dans un appartement de deux chambres. Pour ce qui est de la famille, ils sont loin d'ici et je vais à l'université, alors impossible pour moi.

—Angel, il veut que tu sois partie demain. Il n'y a aucun document qui nous oblige à te garder. Désolé.

Angel alla dans sa chambre faire ses bagages. Elle n'en pouvait plus, elle laissa couler ses larmes.

—"Quelle vache sans coeur! Non, mais, le monde de l'enfer me tombe sur la tête".

Elle se reprit et appela Kelly pour lui expliquer la situation.

—Angel, je suis si désolé. Je ne peux pas te prendre ici. Nous sommes déjà quatre, nous n'avons pas de place, ont se marchent déjà sur les pieds.
—Bon, écoute Kelly, je te rappelle plus tard.

Angel n'avait jamais été fâché, mais soudainement, elle l'était contre la terre entière. Timidement Kelly lui demanda.

—J'espère que tu vas quand même reporter ton rendez-vous.
—Non

Angel coupa la communication et elle fit quelques appels pour se trouver un hôtel le moins cher possible.

—"Maman, je croyais que tu m'avais fait vivre l'enfer. Hé bien non, je le vis à l'instant".

Elle prit la chambre pour une semaine dans un des hôtels les plus minables. Elle se rendit à son rendez-vous médical au club.

—Dans combien de temps allez-vous avoir les résultats?
—Quelqu'un du club devrait entrer en communication avec toi d'ici, disons deux jours.
—Bien, merci.

Le médecin retourna dans son bureau pour faire un appel urgent.

—Steve.
—Hé Jack.
—Je viens d'examiner ta nouvelle fille. Y'a un gros problème, elle est vierge.
—Ah merde! Mais qu'est-ce qu'elle fait là? J'ai besoin des femmes qui ont une certaine expérience.
—Oui et ce n'est pas un endroit où perdre sa virginité.

—Je suis d'accord avec toi. Je vais devoir la rencontrer pour pouvoir comprendre sa motivation et la dissuader. Nous ne pouvons pas la prendre.

Kelly essayait toujours de joindre Angel, mais celle-ci ne répondait plus. Depuis deux jours qu'elle l'évitait à l'université aussi. Elle lui avait laissé quelques messages déjà.

Tous les examens médicaux d'Angel étaient bons. Elle devait rencontrer le patron du club ce soir. Elle s'y rendit avec la ferme intention de mettre son orgueil de côté et de commencer le plus vite possible.

—Bonsoir Angel, moi c'est Steve.
—Bonsoir Steve.
—Écoute Angel, nous avons un petit problème.
—"Ah! non, tu as un petit problème parce que moi, ce n'ai que de gros problèmes que j'ai ces temps-ci"
—Je vais aller droit au bus. Le médecin m'a indiqué que tu étais vierge. Est-ce vrai?

Angel se sentait étouffé, mal à l'aise.

—Oui Steve.
—Mais Angel, ici n'est pas un endroit pour perdre ta virginité. Si tu ne connais rien au sexe,

ce n'est vraiment pas l'endroit à être. Pourquoi veux-tu faire cela?

La vie commençait sérieusement à endurcir Angel pour son jeune âge.

—Mais qu'est-ce que tu crois Steve, l'argent naturellement! Ceux qui paient c'est pour le plaisir et ceux qui reçoivent la paye c'est pour vivre dans ce monde d'enfer.

—"Petite arrogante. Tant pis si c'est ce qu'elle veut, elle l'aura. Je vais lui en faire faire de l'argent si c'est ce qu'elle veut". Si c'est ce que tu veux de l'argent, tu vas en avoir. Les conditions vont être un peu différentes pour une vierge.

—Quelles sont telles?

—Je vais devoir...mettre ta virginité à une vente aux enchères.

Angel bouillait sur place. Son corps passait de la rage à la honte. Elle passait par tous les sentiments possibles. Elle déglutit péniblement.

—Je...je ne vais quand même pas défiler devant eux?

—Hum, non. Ce n'est pas notre genre.

—"Ah! votre genre, je commence à le comprendre, mais je n'ai plus de choix…merde!"

—J'ai un moyen d'envoyer un message à tous nos membres avec ta photo. Les enchères seront ouvertes pour vingt-quatre heures seulement. Après, tu devras prendre celui qui payera le plus. Il n'y aura pas de condition d'âge pour cet événement, mais par contre, l'homme sera obligé de prendre la chambre qu'on lui indiquera et il sera obligé de te faire l'amour vanille. C'est le mieux que je peux faire pour toi. Je te donnerai dix mille dollars pour cette soirée et après tu continueras à travailler avec le contrat que tu auras choisi toi-même de signer. Ça te donnera une chance de te remettre sur les pieds, tu sembles en avoir besoin.

Angel baissa les yeux. Elle aurait voulu crier.

—Bien, je suis prête.

—Je vais faire préparer le contrat, il sera prêt dans quelques heures. Veux-tu aller au bar en attendant.

—Non, je reviendrai le signer quand il sera prêt.

—Angel, ne me fait pas le coup de te retirer de notre entente.

—Impossible je suis à sec.

—Bien, descends et va voir Luc au bureau. Au lieu de revenir, je crois qu'il peut faire une exception et ajouter une clause à ton contrat.

Luc lui fit signer le contrat en moins d'une demi-heure. Il l'envoya prendre une douche se faire prépare et ensuite pour prendre sa photo. Corail voulait qu'elle enfile la même robe qu'à sa première visite la semaine avant, mais elle ne la trouva pas. Alors elle prit sa photo avec une robe blanche. Elle était superbe.

— "C'est fait, j'ai signé. Ça va aller, ça va aller."

— Bonjour, je voudrais réserver Marble pour le plus vite possible. Vous me rappelez.

— Oui monsieur.

— Trente minutes plus tard, on lui indiquait qu'elle n'était pas libre avant une semaine.

— "Elle ose jouer avec moi. Petite ingrate, je vais lui montrer qui est le maître ici."

Il décida d'appeler Dylan.

— Hé Dylan

— Will. Tu veux aller au club ce soir?

— Je ne sais pas, pour l'instant j'aurais voulu qu'on se rejoindre pour le lunch.

— Je ne suis pas libre, mais...

— C'est urgent Dylan, peux-tu te libérer?

— Attend voir. Hum, O.K. où veux-tu aller?

— Au gratin. Je vais t'attendre à midi.

— À midi! O.K.

Il r'accrocha.

— "Y'a vraiment un problème, un lunch à midi, ce n'est pas Will ça et il avait l'ère assez tendue. "

Dylan libéra son agenda pour rejoindre Will.

— Qu'est-ce qu'il y a de si urgent Will?
— Écoute, peux-tu joindre Marble pour l'avoir ce soir?
— O.K. mais puis-je savoir pourquoi?

Will lui expliqua la situation pour Tabou.

— Mais Will, tu es là pour t'amuser, pas pour tout bousiller. Je ne comprends pas.
— Je ne peux pas laisser aller pour elle. J'ai tout essayé. Si c'est moi qui demande au club de ne pas l'accepter, elle sera fâchée contre moi et je ne veux pas qu'elle soit enragée contre moi.
— Bon, si je fais ça, je te défends de traumatiser ma petite Marble. Je vais même y aller avec toi et profiter de la soirée après. Peut-être que toi aussi tu devrais te détendre. Mais Will, tu es là pour t'amuser, pas pour toutes les sauver.
— Dylan, elle est beaucoup trop jeune.
— C'est ça le club, il les accepte à vingt ans. C'est merveilleux non.

—Ah! Dylan, soit un peu adulte. Elle n'est pas juste jeune d'âge. Quelque chose me dit qu'elle est vierge, elle n'a aucune expérience du sexe j'en suis sure.

—Je réserve Marbel et je te vois à 19h00, ça te va là?

—Oui, merci.

Angel se préparait mentalement à sa première fois. Comment avait-elle pu descendre si bas dans sa vie? Tout cela à cause d'un employeur qui n'a pas eu de coeur pour une de ses employées. Vraiment, après quatre ans de loyaux services.

—"Et dans deux semaines je dois commencer mon stage. J'espère que tout va bien aller de ce côté au moins. En plus de devoir chercher un logement et j'ai oublié de demander quand je serais payé pour le dix mille dollars".

Will et Dylan attendaient Kelly. Quand elle entra et qu'elle vit Rico, elle aurait voulu reculer, mais elle ne pouvait pas, c'était son gagne-pain.

—"Il va tout gâcher pour moi lui. " Salut les gars.

—Marble...

Kelly leva les deux mains à l'avant de Rico.

—Rico, tu veux bien aller me chercher un verre de vin rouge avant de m'agresser?

—Oui Marble.

Will revenait vers eux quand un nombre incroyable de téléphones portables se mirent à sonner, ainsi que le sien. Il regarda le message et voyait la photo de Tabou.

—"Non, merde non"

Il s'était arrêté pour lire le message. Will laissa tomber le verre de vin par terre. Dylan et Kelly le regardaient.

—Merde Bombe! Va le trouver.

—Ah la vache! Ce n'est pas vrai. "Elle est vraiment vierge et cet imbécile la met aux enchères, aux enchères merde. Il est dehors celui-là."

—Marble je crois qu'il est préférable qu'on passe sur le sexe pour ce soir. Je vais rester avec Rico, je ne l'ai jamais vu comme cela. Ne t'inquiète pas petite, je vais payer quand même.

—Je ne pense pas à ça, je suis d'accord avec toi, il semble tellement traumatisé par cette histoire.

—Oui.

—Je dois la trouver immédiatement.

Will approcha de la table avec des éclairs dans les yeux. Il en voulait à Kelly.

— Rico, laisse-la, ce n'est pas sa faute.

— Merde Dylan, elle connait son adresse, où la trouver.

— Rico, si Angel l'a accepté, c'est son choix, pour elle c'est sa manière de se sortir de l'enfer.

— Ah Marble! Trouve-la et laisse-moi un message le numéro que je vais te donner.

Il lui écrit son numéro sur un bout de papier et lui tendit.

Dylan le regarda rageusement et Marble partit en courant.

Will avait pris rendez-vous dans un restaurant le lendemain avec deux des étudiants qu'il voulait engager pour leur stage. Il en voyait un à 15h00 et l'autre à 16h00. Angel ne savait pas que c'était lui qu'elle allait rencontrer pour son stage.

Elle arriva au restaurant à 16h00 juste. Elle demanda pour M. Cooper. L'employé la dirigea dans le restaurant pour la laisser devant une table avec deux vieillards.

— "Merde, on se croirait à l'âge d'or. Ils m'ont bien eu."

Les autres étudiants qui avaient déjà rencontré le patron lui avaient dit que celui-ci était beau comme un Dieu.

— M. Cooper, votre rendez-vous.

Le serveur disparut.

— Bonjour Mademoiselle
— Bonjour M. Cooper

Elle lui serra la main.

— Je suis Angel Harrisson.

Will qui était assis non loin, il se retourna en entendent la voix d'Angel.

— "C'est elle!"

Il se retourna et la vie assise avec son père et un autre homme.

— "Mon père! Ah non! Ne me dis pas que toute cette histoire de vierge était une mascarade. Elle joue bien son jeu, elle doit se faire entretenir par de vieux messieurs riches. Mais merde! Qu'est-ce que mon père pense? Il a soixante-douze ans. Ah!

j'en ai assez de me torturer avec elle, qu'elle aille au diable."

Il sortit presque en courant du restaurant.

— Comment puis-je vous aider, Mademoiselle Harrisson?

— Bien, je ne sais pas. J'ai rendez-vous avec vous parce que je suis une des étudiantes qui est acceptée dans votre firme d'architecte.

— Je n'ai donné rendez-vous à personne, mais je crois comprendre.

William Cooper se retourna pour voir s'il voyait son fils.

— Je crois que c'est mon fils que vous deviez rencontrer, mais je ne le vois pas. Ce que je vous suggère, c'est de téléphoner Marlyn demain à son bureau et de leur demander des explications.

— Bon, très bien M. Cooper, c'est mon premier jour de travail demain alors je verrai avec eux. Merci.

— C'était un plaisir de vous rencontrer Mademoiselle Harrisson.

Elle lui serra la main, lui fit un beau sourire et disparut.

——"Hé bien, l'enfer semble continuer."

Will était sur le point de faire arrêter cette comédie d'enchères quand il avait vu Tabou au restaurant. Il décida de ne plus y penser et de laisser aller. Cette fille n'en valait pas la peine. Il ne voulait pas regarder les enchères, mais c'était plus fort que lui. Comment est-ce croyable, les enchères frôlèrent le million de dollars. Il regarda qui était en tête de ligne.

——"Je l'avais bien dit qu'elle n'était pas à sa place. De toute façon ce vieux doit avoir dans les soixante ans et Tabou a l'ère de les aimer à cet âge. Il ne réalisera probablement pas à cet âge qu'elle n'est même plus vierge".

Il ferma l'écran.

—— ''Elle est très bonne comédienne.''

Le lendemain, il arriva au bureau à 7h00, car il n'avait pas pu trouver le sommeil encore une fois. Il était trop perturbé par tout cette histoire.

——Bonjour Will, tu es matinal encore ce matin.
——Oui, Oh! Marlyne, j'ai dû partir en urgence hier et je n'ai pas rencontré la dernière étudiante...
——Elle est déjà là, tu veux la rencontrer maintenant?

—Oui pourquoi pas?

Comme Will s'installait dans son bureau, William son père arriva.

— Hé Will! Que c'est-il passé hier...

Will leva la tête pour interroger son père et vit Angel à la porte de son bureau. Elle souriait à son père.

—Bonjour M.Cooper, heureuse de vous revoir.
—Moi aussi Mlle Harrisson.

Will était noir de rare, incapable de formuler un mot. Angel se retourna vers lui et réalisa que c'était Rico.

—Rico!
—Tabou, Ah! ou plutôt Angel.
—Vous vous connaissez tous les deux?

Personne ne répondait. Will et Angel se fixaient dramatiquement.

—Alors tu te fais passer pour une vierge que certains vont payer un million de dollars, et tu te paies des clients en dehors...de l'âge de mon père en plus. Hé bien ma belle, tu auras exactement ce que tu mérites, celui qui gagne le pari pour l'instant à environ cet âge.

Angel s'approcha de Will sans laisser ses yeux d'un instant. Elle avait les larmes qui coulaient de voir tous ces rêves tomber un après l'autre. L'un de ces plus chers voeux de travailler à la Firme Cooper & Cooper était ruiné. Elle le frappa de toutes ses forces au visage. La paume de sa main en brûlait. Elle partit en courant.

— Will, qu'est-ce que c'était que ces paroles idiotes? Explique-moi. C'est terrible ce que tu as fait à cette enfant.
— Ah! parce que toi tu vas venir me dire que tu ne sais pas?
— Non, je ne le sais pas du tout.
— Pourquoi t'a-t-elle rencontré au restaurant hier alors?

M. Cooper fit une grimace et répondit à son fils le plus calmement possible. Car les deux en étaient venus à crier.

— Mais c'est ton étudiante ça Will. Hier où étais-tu quand elle est venue pour te rencontrer au restaurant...tu étais là?

Will devint blême et tomba lourdement sur sa chaise. Il venait de faire un plus un et réalisa qu'elle était là pour lui hier et non par son père.

— Ah! non.

— Mon garçon, je crois que tu es devenu fou et regarde-moi Will Cooper. J'ai soixante-douze ans et je ne me fais pas de jeune fille de vingt ans si c'est ce que tu pensais vraiment. Ah! Will qu'as-tu fait à cette enfant. Elle avait probablement besoin de l'argent de ce stage pour payer une partie de ses études. C'est terrible.

William sortit en fracassant la porte.

Angel arriva à son motel crasseux. Sa main avait terriblement gonflé et elle était devenue rouge foncé. Elle pleura pendant des heures. Finalement elle ne s'était pas rendu à l'école, suffit qu'elle n'avait plus de stage.

Elle était couchée sur le dos dans son lit, à regarder le plafond. Elle devait décider de sa vie, elle n'en pouvait plus, elle était à bout de force.

— "Bon, je n'ai pas grand choix. Je donnais ma virginité pour pouvoir payer mes études, mais je n'ai plus de stage qui était la moitié de mes notes de ce semestre. Je n'ai plus d'endroit pour habiter et je n'ai plus d'emploi autre que me prostituer. Si je fais ça, je ne vaux pas mieux que ma mère et plus tard s'il fallait que mes enfants apprennent cela...je ne peux pas, je dois laisser un message au club et disparaitre dans une autre ville où personne ne pourra me reconnaitre, je repartirai à zéro et je ne serai jamais architecte".

Elle décida de regarder son téléphone portable, il ne fonctionnait plus, elle devait s'acheter une carte avant de pouvoir l'utiliser.

Will ferma la porte de son bureau et se mit les deux mains dans la figure.

— "Elle a de la force dans le bras, ça c'est sûr, elle ne m'a pas manqué. Je l'ai bien mérité. Mais sa présence me rend fou, je ne peux même plus penser, je ne fais que de pire en pire. Je l'ai surement éloigné à jamais de moi et j'ai coupé son emploi au club, hé bien, je lui aurai tout coupé. Qu'est-ce que j'ai fait? Angel était l'étudiante qui venait me rencontrer. J'ai gâcher la plus belle chance que j'avais de la dissuader d'entre au club et de faire une bêtise".

Il prit ses clés et demanda à Marlyn d'annuler ses rendez-vous pour quelques jours.

Will ne répondait plus au téléphone depuis deux jours. Marlyn décida d'appeler son père pour savoir quoi faire. Elle avait besoin de réponses urgentes. William décida d'aller frapper chez son fils, car Ricardo son bras droit, ne répondait pas lui non plus.

William passa devant le gardien de l'édifice.

— Faites-moi monter, je dois voir mon fils immédiatement.

— Attendez monsieur, je dois vous annoncer.

— Non, je dois monter tout de suite et vous savez très bien que je suis son père.

— Très bien monsieur, je vais communiquer avec Ricardo.

— Vous pouvez monter maintenant monsieur, désolé.

En sortant de l'ascenseur, William vit son fils couché sur le canapé, pas rasé depuis probablement deux jours. Ricardo lui fit signe des mains, ce qui voulait dire qu'il ne comprenait pas, que Will ne lui avait rien dit.

— Ah! Will, regarde-moi ce que tu as l'ère.

— Papa je suis si désolé pour ce que je t'ai dit l'autre jour.

— Je sais oui. C'est encore bien que tu penses que ton vieux père puisse encore fonctionner à ce point, mais ce n'est pas le cas.

—Papa, j'ai fait du mal à Angel aussi.

—As-tu essayé de lui parler ou de la voir?

—Non. Je ne retournerai pas au bureau avant qu'elle ais finie son stage. Je crois lui avoir assez fait mal.

—Will, tu croyais vraiment qu'après ce que tu lui avais dit qu'elle était pour venir faire son stage parmi nous. Tu as crié les insultes que tu as lui as lancé au visage, la moitié du bureau a dû entendre. Elle na jamais remis les pieds au bureau.

—Ah! Quel gâchis! C'est encore pire. C'est comme je pensais. J'ai tout gâché avec elle.

—Vous sembliez vous connaitre, en plus elle t'a appelé Rico comme grand-maman. Je n'ai pas vraiment compris et j'essaie d'oublier les autres paroles de mon esprit, elle semble si gentille et si douce.

—Oui, nous nous étions vus une fois avant, je l'avais embrassé papa.

—Pour être une beauté, ça, elle l'est.

—Cette femme m'électrise. Je ne peux plus m'en passer depuis ce jour, elle avait une robe émeraude et avec les yeux vert qu'elle a...et sa chevelure incroyable noir, j'en suis tombé de ma chaise. J'ai été plusieurs nuits à ne penser qu'à elle et ne pas pouvoir m'endormir tellement je la voulais dans mes bras, je voulait l'aimer la garder toujours près de moi. Tu comprends?

—La chose que je comprends mon fils, c'est que tu es totalement en amour.

Will sentit qu'on venait de le frapper à nouveau. Il était en amour d'Angel.

—Puis-je être indiscret? Pourquoi as-tu parlé de virginité et d'un million de dollars?
—Ah papa! Oublie ça s'il vous plaît. Je...je voulais juste lui faire du mal comme j'en ai eu. Ah papa! C'est compliqué. Je ne te mentirai pas.

Il lui expliqua les grandes lignes du club, de sa rencontre, des motivations d'Angel de faire une chose pareille.

—Je comprends que tu es été très fâché de voir le club faire une chose pareille. J'espère que tu n'y remettras jamais les pieds.
—Je dois retrouver Angel.
—Will, agit maintenant. Ne la laisse pas comme cela. Tu l'as mise dans un sale état. Retrouve là.
—Comment? Elle ne répond plus à son téléphone et je n'ai aucune idée où elle habite.
—Tu auras tous les détails en appelant Marlyn au bureau.
—Oui, elle devait être employée par nous. Pourquoi n'y ai-je pas pensé?

Will avait déjà eu les renseignements personnels d'Angel du club, mais son numéro était toujours occupé et à son adresse on lui avait indiqué qu'elle n'habitait plus cet endroit.

William partit et laissa Will organiser sa vie.

Marlyn donna toutes les informations à Will en lui disant qu'elle avait aussi essayé à plusieurs reprises son téléphone toujours sans réponse. L'adresse que Marlyn lui indiquait était la même que le club avait, alors il n'était pas plus avancé. Il restait une journée à Will pour la retrouver avant qu'elle ne se présente au club et voir qu'il avait fait tout annuler. Il devait miser sur Marble.

Il fit en sorte de rencontrer Marble, elle ne savait pas où elle était partie. Elle ne lui avait plus reparlé depuis le soir où elle lui avait annoncé la morte de sa propriétaire. Will décida de parler à Ricardo, il avait souvent la solution à ses problèmes.

—Bon, écoute. Nous allons mettre les choses en ordres avant. Elle n'a plus d'emploi, elle n'a plus d'endroit pour habiter. Nous devons voir avec l'université si elle est revenue depuis votre rencontre au bureau, nous devons faire appel aux centres d'hébergement et nous verrons par la suite.

Oh! nous pourrions aussi vérifier avec les transports pour savoir si elle a décidé de partir d'ici et aussi essayer de savoir si elle a de la famille…Ah! je ne sais plus…Comment as-tu pu faire ça Rico?

Ricardo et Will firent des recherches intenses. Il était 23h30 et ils n'avaient rien trouvé.

— Will, il nous reste à demander à l'université son adresse, je doute qu'ils aient le droit de la partager avec nous par contre. Tu connais quelqu'un d'assez haut placé à l'université?
— Oui, justement celui à qui on parle chaque année pour l'embauche des stagiaires et Angel était une des nôtres cette année.
— Appelle-le demain à la première heure.
— Oui. Va dormir.
— Bien, mais toi aussi, si tu voyais ta gueule.
— Ricardo dégage.

Will appela le directeur du personnel. Il avait une adresse de dernière minute, qu'elle avait changée la journée avant de commencer son stage. C'était un hôtel. Il s'y rendit pour se retrouver à frapper à la porte d'une chambre dans un hôtel des plus piteux. Il frappa et frappa, mais personne ne répondait. Il alla à la consigne pour voir si elle louait toujours une chambre avec eux.

—J'donne pas d'information sur mes clients m'sieur.

Will sortit un billet de cent dollars.

—Si vous m'ouvrez la porte, j'en r'ajoute un autre.

—Oui, ce sera une urgence dans ce cas.

Quand il vint pour prendre le billet, Will arqua les sourcils.

—La porte avant.

Après avoir frappé de nouveau, toujours rien. Il lui ouvrit la porte et disparut. Will entendait la douche couler. Il sentit son cœur se remettre à battre. Il entra, mais il avait peur. Toutes sortes d'idées lui étaient passées dans la tête depuis quelques jours. Il referma la porte doucement. Il alla s'asseoir sur le lit et attendit.

Angel sortie de la douche, les yeux toujours rougis par les larmes. Elle n'avait qu'une petite serviette défraichie autour d'elle. Will feignit une toue. Elle en échappa la serviette et cria. Will se retourna très vite.

—Non, ne crie pas Angel. Tu ne répondais pas depuis dix minutes.

Elle retourna dans la salle de bain.

—"Quelle beauté"
—Mais que fais-tu ici? Merde! Tu n'as pas
assez fait de dégâts dans ma vie.
—Désolé Angel, je dois discuter avec toi.
—Comment es-tu entré?
—L'argent ouvre toutes les portes.
—Espèce...

Elle avait pris le temps de le regarder. Il portait
un bleu jeans et un polo. Il était si beau et si
ravageur. Elle s'adossa à la porte de la salle de
bain.

—Que veux-tu Rico?
—Cesse de m'appeler Rico.
—Alors je dois t'appeler M. Cooper?
—Non, je m'appelle Will. Habille-toi Angel, je
veux te sortir de là.
—Je n'ai pas besoin de ta charité.

Il se rappela ce que Kelly lui avait dit
concernant la charité.

—Angel, j'ai été l'homme le plus stupide, je
dois te faire comprendre pourquoi. Mais s'il vous
plaît pas ici. Viens chez moi pour quelques jours,

j'ai des chambres d'amis. Comme ça nous aurons tous le temps de nous comprendre et savoir ce qui c'est passé. Nous devons nous expliquer. Tu sais comme moi que nous avons de l'attirance l'un envers l'autre.

— Si j'en avais, je n'en ai plus. J'étais sur le point de partir.

— Où?

— Quelque part où personne ne va savoir que je suis la fille la plus bête de la planète qui échoue dans la vie.

— Non, ne dit pas cela Angel, s'il vous plaît viens avec moi. Laisse-nous une chance, c'est ce que je fais moi-même en ce moment, nous laisser une chance, car je sais très bien que tout ça est de ma faute. Aujourd'hui Angel, je te tend la main pour t'en sortir, c'est toi seule qui peux décider de la prendre ou pas. Quelques fois il nous est impossible d'avancer sans ça. Si tu ne la prends pas, tu n'auras probablement rien dans la vie et si tu la prends, tu pourras finir ton éducation et avoir une vie un peu plus normale. Ces derniers jours semblent avoir été un vrai désastre pour toi. S'il vous plaît Angel, ne dit pas non.

— Will, j'étais une fille très bien. Kelly m'a tendu une perche comme tu dis, voilà où j'en suis. Je passe pour une prostituée et je suis pourtant encore vierge, quel désastre j'ai fait de ma vie. Va-t-on me reconnaitre sur la rue? Probablement. Ils diront que je suis riche parce que je me suis vendu...à un vieux comme tu m'as si bien dis. Pourtant tu parlais d'un million de dollars. Dure à croire que Steve me donnait dix mille dollars.

—Non Angel, tout a été arrêté. Ils t'oublieront tous d'ici quelques semaines. Je t'offre un emploi si tu veux. À l'université on m'a dit que tu étais la meilleure qui est passée par cette fac depuis longtemps.

—Arrête Will. Ne me dis pas que tu as pourri cet endroit aussi? Tu as crié des choses qui devaient rester juste au club, belles initiatives ce maudit club oui. "Will, quel beau nom, c'est délicieux à prononcer en pensant à lui! Mais Rico aussi lui allait très bien. Merde qu'il est beau. Une autre image à la collection que j'essaie d'oublier. Jamais je ne pourrais l'oublier maintenant."

—Angel, je suis désolé et si quelqu'un osait dire quoi que ce soit sur toi au travail, je les virerais sur le champ. Aussi je passerai voir les employés avant ton entrée pour leur dire que je suis devenu fou, que j'étais totalement dans l'erreur ou j'avais une histoire avec mon père et je t'ai prise pour une autre. Angel, je ne partirai pas sans toi.

—"Dois-je la prendre cette maudite perche, est-elle empoisonnée comme celle de Kelly? Au point ou j'en suis. Quelques nuits de repos dans un lit confortable me feraient beaucoup de bien avant de faire un choix final." Bon très bien. Pour deux jours seulement, pour discuter et savoir ce que je ferai de ma vie. "Je ne suis tellement plus capable de me battre contre tous mes malheurs."

—Bien, c'est un bon choix Angel.

—Une autre chose, tu dois aller m'attendre dans la voiture. Mon linge est sur le lit.

Il s'aperçut qu'il avait son gilet dans ses mains et le fripait entre ses doigts.

—Oh! Oups! Oui je vais à la voiture.

Il alla s'installer dans la voiture en l'attendant.

—Tu permets Angel, je dois appeler ma secrétaire. Elle se faisait du souci pour toi et si je ne l'appelle pas, j'aurai des petits problèmes, car quelques fois elle se prend pour ma mère.

—Sans problème.

—Marlyn, je suis avec Angel. Si cela était possible, j'aurais besoin de quelques jours de congé supplémentaires.

Angel avait un faible sourire, mais de l'intérieur c'était un sourire énorme.

—"Il demandait à sa secrétaire pour pouvoir prendre quelques jours de congé, pour moi. Ah! Ah!"

—Oui, merci Marlyn. Oui je sais, non je vais faire attention. Promis.

—Je pourrais emprunter ton téléphone? Je dois appeler au club pour m'excuser. J'ai tellement honte de leur avoir fait cela.

—Angel, c'est eux qui ont honte maintenant. Steve ne fait plus partie des employés. Il n'avait aucun droit de faire cela.

—O.K. J'ai vraiment merdé là hein?

—Non, pas du tout, tu as été mal guidé. Angel, j'aimerais que nous allions sur mon bateau au lieu de mon logement, ce sera beaucoup plus calme sur la mer.

—Bien, la mer me fera beaucoup de bien aussi pour pouvoir faire mes choix. ''Surtout qu'ils vont être très difficiles à faire avec toi dans les parages.''

Il fit préparer son bateau par Ricardo.

—Ricardo, nous allons aller sur mon bateau pour quelques jours, nous avons besoin de tranquillités.

Angel téléphona le centre des messages pour récupérer ses messages téléphoniques.

—Kellym' a laissé un message. Elle dit que je devais donner trois mille dollars au club parce que j'annulais. Il lui avait dit de me faire le message.

—Tu ne dois plus rien au club, je leur ai parlé et tout est fini avec eux. N'y pense plus s'il vous plaît. Tu vas te plaire sur le bateau.

—Je ne suis jamais monté sur un bateau, habituellement je me contente du sable. En plus je ne sais pas nager.

—Tu n'as pas besoin savoir nager, mais je pourrais t'apprendre.

—Oui...oui certainement. Mais je devrais passer me chercher un maillot.

—Il y en a sur le bateau.

—Hein! Un maillot que…

—Non…non pas du tout. Ce sont des maillots tout neufs. Pour mes invités. ''Quel imbécile je fais lui dire ça comme ça.'' écoute, quand on a un bateau, quelquefois les gens viennent pour un repas et n'apporte pas de maillot, alors on en a toujours au cas où. Tu comprends?

—Oui.

Will les amena directement au port. Il prit la valise d'Angel et alla ensuite près d'elle et posa sa main dans son dos pour la diriger au bateau.

—"Ce n'est pas possible, elle n'a qu'une valise dans la vie, c'est tout. Elle est si belle, je ne comprends pas que personne ne l'a jamais remarqué. Je dois dire que j'ai eu de la chance de la voir dans ses plus beaux attraits. Elle était si belle ce soir-là. Mais aujourd'hui même dans son linge délabré, elle a toujours son charme".

Angel aimait quand il avait sa main sur son dos, cette sensation si douce, si apaisante. Quand elle vu le bateau sur lequel il la dirigeait, elle ouvrit de grands yeux.

—Viens

Il lui prit la main.

—C'est comme dans un film.
—Oui, je comprends que tu vois ça comme cela maintenant. Regarde, l'autre à côté est à mon père. Tu le vois sur le pont, il va se casser le cou si nous l'ignorons plus longtemps.

—Oui, vois ça.

Il leur fit de grands signes. Will et Angel lui répondirent de la main.

—Viens maintenant. Je vais te montrer ta chambre.

Un employé les attendait sur le pont. Il avait un grand sourire en les voyant arriver. Elle lui rendit son sourire.

—Angel, je te présente Ricardo. Il est à mon service depuis douze ans. C'est aussi un grand ami.

Ricardo lui baisa la main.

—Ma chère Angel, je suis très heureux de te rencontrer enfin. Je comprends aussi pourquoi tu as su voler le cœur de Rico.

—Bonjour Ricardo.

—C'est merveilleux cette chambre.

—Viens voir ta salle de bain.

—Merde Will, ça fait quatre ans que je n'ai pas pris un bain. Je ne vais plus pouvoir sortir d'ici.

Ils rirent ensemble. Will était un peu plus rassuré de la voir là, mais en même temps, il se demandait comment il pourrait résister à une telle beauté pure, la naïveté et la chaleur qu'elle dégageait étaient irrésistibles.

—Alors je te ferai couler un bain moussant après le dîner. Tu veux?

—Oui, avec plaisir. Mais je peux le faire moi-même. Par contre, à regarder les robinets sophistiqués, je ne suis même pas certaine de pouvoir faire sortir l'eau de ce truc.

—Je le ferai, ce sera un grand plaisir pour moi.

Will la regardait avec amour. Cette femme consumait son coeur à une vitesse incroyable. Il était un homme perdu avec elle et il le savait. Il serra sa main qu'il n'avait toujours pas lâchée.

—Angel.

Elle leva les yeux vers lui.

—Oui Will.

Il la rapprocha de lui sans lâcher de la regarder dans les yeux.

—J'ai tellement pensé à toi.
—Moi aussi.
—Je peux t'embrasser comme l'autre soir?

Elle approcha ses lèvres des siennes. Il fit le reste du chemin et rejoignit sa bouche. Il l'embrassa avec tout l'amour et la passion qu'il avait ressentie dans ce baiser était celle de leur premier baiser. Il devait se retenir pour ne pas lui faire peur. Son corps entrait dans une autre dimension, la dimension de l'amour, celle où il aurait voulu ne jamais s'en séparer.

Il mit son visage dans son cou, et l'embrassa doucement.

— Tu aimes?
— Le baiser ou le bateau?

Il se releva pour lui faire face et sourit.

— Hum, je parlais du bateau, mais maintenant, je préfère le baiser.

Elle lui sourit.

— J'aime les deux.
— Viens, allons sur la terrasse pour dîner.

Ricardo les attendait.

— C'est bon de vous voir ensemble enfin. C'est la première fois que je voyais Rico devenir fou.

Rico lui faisait des signes discrets en signe de négation. Ricardo s'en amusait bien.

— Merci Ricardo.

Pendant le repas, ils parlèrent d'architecture. Will était impressionné, elle s'y connaissait très bien pour une étudiante de deuxièmes années. Will avait peur de commencer la discussion qu'ils devraient vraiment être en train d'avoir, il ne voulait pas la perdre ou lui faire peur à nouveau.

Comme prévu Will lui fit couler un bain moussant comme elle n'en avait jamais vu autre que dans les films.

— Su tu veux te reposer après ton bain c'est ton choix, mais je serai sur le pont avant, j'aimerais bien ta compagnie.

— Will, pour ce que j'ai fait au club…j'espérais que ce soit toi qui gagnes les enchères. Je ne voulais personne d'autre, mais rien n'allait comme je le voudrais ces temps-ci. Tu m'avais demandé d'être le premier et c'est ce que je voulais vraiment.

Il la prit dans ses bras et l'embrassa à en perdre le souffle. Il lui chuchota à l'oreille.

— Tu veux bien que je prenne le bain avec toi. Je veux rester avec toi. Si tu préfères, je peux rester sur le côté de la baignoire aussi. Mais je ne veux plus te laisser mon ange.

Elle alla à la recherche de ses lèvres et se perdit dans ses bras. Son corps semblait connaitre cet homme depuis toujours.

—Je ne veux pas que tu me laisses seule. Je veux rester dans tes bras Will.

Il commença par lui enlever son gilet et ensuite elle lui enleva le sien , ils continuèrent jusqu'à ce qu'ils soient tous les deux nus. Il la guida dans ce monde inconnu. Il la laissa se glisser sous l'eau et ensuite il se glissa derrière elle. Elle laissa aller son corps sur son torse. Il la lava sensuellement, il glissa sur sa peau. Il lui prit le menton pour rejoindre ses lèvres à nouveau.

—Je pourrai te montrer tout du sexe mon ange, mais c'est toi qui décides si c'est ce que tu veux vraiment. Ça ne changera rien à l'offre que je t'ai faite plus tôt. Tu as ton emploi chez nous.

Juste sentir la chaleur de son corps dans son dos et les baisers enivrants qu'il lui donnait la faisait se perdre dans un autre monde qu'elle voulait connaitre.

— Oui, je veux apprendre avec toi.
— Je suis si ivre de désir pour toi mon ange.

Il la rapprocha de lui et elle sentit son érection derrière son bassin.

—Je veux que ce soit toi Will et toi seul.

Il resserra encore plus son étreinte et elle se laissa aller sous ses caresses. Son corps était en feu, elle partait dans un monde où elle ne pouvait plus faire marche arrière. Elle perdait le contrôle. Elle se retourna pour lui faire face, elle ses jambes de chaque côté de lui, il embrassa ses seins, son cou. Son érection était si douloureuse, il la voulait. Ils sortirent du bain et il épongea son corps tout doucement en caressant et embrassant chaque parcelle de son corps pour ensuite la transporter jusqu'au lit. Elle était si belle avec le corps encore humide. Il était enfin pour pouvoir étancher sa soif d'elle.

—Ça va mon ange?
—Oui et même très bien dans tes bras. J'aime tes caresses, c'est comme une drogue, un autre monde qui s'ouvre à moi.

Il l'embrassa langoureusement, puis descendit sur ses seins, tandis qu'elle lui caressait le dos et passait ses mains dans ses cheveux. Celui dont elle avait rêvé était dans ses bras, ce n'était plus un rêve. Il laissa glisser ses mains doucement sur son corps, tout en s'assurant d'aller un peu plus loin chaque fois qu'il redescendait pour se rendre jusqu'à ses cuisses. Angel gémit, cette caresse à elle seule lui brûlait le bas du ventre si violemment, si doux en même temps. Ses caresses à elle se firent de plus en plus pressantes, insistantes, son souffle devint de plus en plus rapide et elle gémissait de plaisir déjà. Will savait qu'il pouvait aller un peu plus loin. Il laissa errer sa main entre ses cuisses pour remonter doucement vers son clitoris.

—Oh! Will, s'il vous plaît.

Il reprit ses jolis siens dans sa bouche pour les lécher et les sucer doucement. Elle le rapprocha de ses lèvres pour l'embrassa à en perdre le souffle et elle gémissait sous ses lèvres. Elle était haletante et lui aussi de la voir enflammée à ce point. Il n'en pouvait plus, il voulait la pénétrer lentement et l'aimer comme elle le méritait.

—Tu es si belle mon ange.
—Ah! c'est...hum...hum

Il se dégagea d'elle pour la regarder dans les yeux, ses yeux qui l'avaient soudé sur place à son premier regard. Son regard était noyé par la passion.

—Je continue ? Tu veux toujours mon ange?

—Ne me le demande plus. Je le veux Will. Je te veux.

Il s'étira pour prendre le condom sur le bureau pour ensuite la repris dans ses bras.

—Angel, est-ce que tu prends la pilule?
—J'ai commencé il y a seulement une semaine.
—O.K. C'est bien, nous prendrons le condom quand même.
—Oui, d'accord, oui.

Il s'allongea entre ses jambes. Il ne lâcha pas son regard d'une seconde.

—Angel, nous allons y aller doucement, mais tu dois me guider. Si je te fais mal, tu dois me le dire. Je dois t'avouer que je l'ai fait avec plusieurs femmes, mais jamais avec une vierge. Alors, promets-moi de me guider.
—Oui, vient Will, entre en moi.

Il entra lentement jusqu'à ce qu'il voit le visage d'Angel se crisper, ce qui le fit reculer quelque peut.

—Ça va?

Elle ne pouvait plus répondre, elle monta ses jambes autour de lui et gémies en mordant sa lèvre inférieure. Il comprit qu'il pouvait continuer. Il augmenta jusqu'à ce qu'ils jouissent tous les deux, les yeux dans les yeux.

—Ah! mon ange.

—Oui, c'était merveilleux. Merci.

—Merci pour quoi?

—Parce que ma première expérience a été une des plus...hum...ouf! Je ne sais pas comment dire tellement c'était bon, que j'étais dans un autre monde ou mon corps était contrôlé par le tien et non par moi.

Il sourit. Ils firent l'amour sans arrêt jusqu'au matin. Angel s'éveilla, elle avait la tête sur le torse de Will. Le corps qu'il l'avait aimé et qu'elle avait aimé en retour. Elle caressa son torse et il l'embrassa sur le front.

—Tu as faim mon ange?

—Oui, mais je suis partagée entre la nourriture ou ton corps à nouveau. Mon estomac ou le brûlement que j'ai dans le bas du ventre.

Il sourit et la serra dans ses bras et en quelques secondes il était de nouveau perdu en elle.

Il avait bien l'intention de seulement l'embrasser et la raisonner pour la nourriture, mais le destin de leurs deux corps en avait décidé autrement.

— Nous devons nous lever et nous nourrir maintenant si nous voulons être capables de refaire l'amour mon ange. Allez à la douche.

Ils riaient tous les deux. Elle le connaissait à peine, il la connaissait à peine, mais leurs âmes semblaient être la même. Elle était si bien avec lui, jamais elle n'avait connu cela après la mort de son père, ce sentiment de sécurité.

— C'est la première fois que je te vois rire comme ça, tu es si belle quand ton visage s'illumine de ton sourire. Tu es contagieuse.

Ils entendirent frapper.

— Rico, ton père demande à te voir. Ils voudraient vous inviter sur son bateau.
— Qu'est-ce que tu en dis mon ange? C'est grâce à lui si nous nous sommes retrouvés.
— Oui, je l'aime bien. Il a été très gentil avec moi. Est-ce qu'il sait pour le club?
— Oui, mon père est un homme qui m'a toujours bien écouté et guidé sans trop me juger. Il a toujours été là quand j'en avais besoin. C'est

mon meilleur conseiller dans la vie. Mais il ne te jurera pas Angel, il m'a dit hier "Mets ton orgueil de côté et fonce te mettre à genoux devant elle pour avoir son pardon, réparer le mal que tu lui as fait et la sauver de cette situation. Je crois qu'elle le fait seulement parce qu'elle est désespérée".

Angel se leva sur ses coudres.

— Mais, tu ne t'es pas mis sur tes genoux.

Ils partirent à rire et il la tourna sur le dos. Il n'en avait jamais assez de ses lèvres angéliques, de son corps si doux et si chaud.

— As-tu oublié quelque chose Rico?
— Merde Ricardo! je t'avais oublié...oui nous irons.
— Dans une heure Rico.
— Bien merci.

Il regarda Angel.

— Alors, toi tu voudrais que je me mettre à genoux hein.
— Ah! Ah! Je te préfère collé à moi.

Angel était étendu sur le lit et Will lui écarta les jambes doucement. Elle déglutit, le désir était toujours là. Il se mit à genoux entre ses jambes.

— Voilà mon ange, je suis à genoux devant toi pour me faire pardonner, me faire aimer de toi.

Elle sourit et se mordit la lèvre.

— Mais cela n'est pas assez pour moi Will.

Il lui caressa le dedans des cuisses en parlant et en regardant sa figure changer sous ses caresses. Il savait l'effet qu'il lui faisait. Il la torturait par l'amour.

— Je vais te montrer ce que je peux faire à genoux devant toi et tu me supplieras mon ange.

Il l'embrassa sur le ventre et descendit pour lui faire l'amour avec ses lèvres il captura son clitoris. Elle gémit et son corps tout entier se mouvait aux pulsions que Will lui donnait. Il la fit jouir jusqu'à ce qu'elle gémisse de plaisir.

— Oh! Will...c'est...Will

Quand il eut la satisfaction de l'avoir fait jouir au maximum et que son corps frémissait toujours sous ses mains, il remonta l'embrasser et la pénétra fort, jusqu'à la faire trembler de nouveau dans ses bras.

—O.k tu t'es mis à genoux. Je ne peux plus dire que tu ne l'as pas fait.

Il lui chuchota à l'oreille

—Et je vais le refaire mon ange, nuit après nuit après nuit si tu le veux.

Il la serra dans ses bras et lui embrassa la tempe.

—Je ne veux pas penser au futur, juste au présent avec toi. Le futur me fait peur.

Il la serra plus fort.

—Ne t'inquiète pas mon ange. Viens, nous devons prendre une douche et nous préparer maintenant.

Will alla ensuite dans sa chambre pour s'habiller. Il choisit un pantalon noir et une chemise blanche. Il lassa quelques boutons ouverts. Ensuite il revint voir si Angel était prête et il vit qu'elle avait remis les mêmes vêtements qu'elle avait plus tôt. Son jeans était usé et son gilet délavé, tous deux beaucoup trop grand pour elle. Il retourna à sa chambre et revint avec un jeans et un polo.

—Maintenant nous sommes prêts.

—Oui, merci de t'avoir changé. Le contraste est moins évident.

—Ce n'est rien nom ange. Je comprends et je suis si confortable dans mon jeans. Je devrais en porter plus souvent.

Ils allèrent rejoindre William. Celui-ci les attendait avec un gros sourire.

—Bonjour les enfants.

—Bonjour M. Cooper.

—Appelle-moi William, tu veux bien.

Angel rougit et cela fit sourire Will.

—Bien, si c'est ce que vous préférez. Toi Will, ton nom est bien un diminutif de William, n'est-ce pas?

—Oui, mon prénom est aussi William, comme mon père, mon grand-père et d'autres avant. Depuis sept générations.

—Tu veux quelque chose à boire Angel?

—Oui s'il vous plaît M. Cooper. Un verre de vin rouge fera l'affaire.

—T'as adopté ça toi?

—Je ne connais rien d'autre, alors.

—Je vais devoir te faire goûter autre chose après le repas.

—Avant que nous entamions des discussions les enfants, j'aimerais mettre certaines choses au clair.

—Comme quoi papa?

—Premièrement Will, j'ai tout arrangé au bureau pour que tu n'y retournes pas avant deux semaines.

Will arqua les sourcils. Son père réussissait toujours à l'épater.

—Hum. J'ai pourtant beaucoup de travail en retard. J'étais loin d'être productif ces derniers jours.

Angel sourit.

—Oui, pour ça, j'ai bien ri avec Marlyn.

—Très drôle papa. Ton deuxième point, qu'est-ce que c'est? Je sens que tu as une liste.

—Ah! Ah! Ah! Oui. Seulement quelques petits détails qui sont nécessaires. Je suis allé rencontrer le directeur du club Le Repert, Jules.

—''Ah merde! Papa qu'as-tu fait?''

Angel était blême de peur d'entendre la suite, elle avait si honte de cette situation ridicule.

—Tu es membre dans ce club toi?

—Pas du tout.

—Ah! Et de quoi avez-vous discuté?

—Will, je crois que nous sommes d'accord que cette mise aux enchères était inhumaine dans notre société. Le club doit éviter ça et disons qu'une meilleure structuration s'impose. Ils n'auraient pas dû prendre des personnes de moins de vingt-cinq ans. C'est quand même des choix réfléchis qu'il faut faire pour décider de travailler dans un tel endroit.

—Comment ont-ils réagi?

Angel ne disait rien. Elle se sentait mal dans cette conversation. Elle avalait son verre de vin beaucoup trop vite tellement elle ne savait plus quoi faire de son corps. Elle aurait voulu enfouir son visage dans le cou de Will pour se cacher.

—Je peux prendre d'autre vin Will?

Il la regarda et comprit son malaise. Il lui prit la main.

—Hé! Mon ange, ne sois pas mal à l'aise pour cette discussion. Cette expérience nous a grandis et mon père veut nous aider à faire en sorte qu'une chose pareille ne se reproduise plus.

— Je voulais mettre les choses au clair pour qu'il y ait le moins de dégâts possible pour tout le monde.

Elle leur fit un léger sourire. Will lui resservit du vin.

— Alors que va-t-il se passer maintenant papa?

— Je les ai obligés à envoyer des excuses à leurs membres, leur expliquant que le club a fait une terrible erreur et aussi les avisant du changement de règlement immédiat consistant à assurer une certaine expérience des employés. J'ai aussi demandé qu'ils étudient la possibilité de changer l'âge des employés à vingt-cinq ans au lieu de vingt ans.

— Oh non Kelly! À cause de moi elle n'aura plus d'emploi. C'est ma faute.

Will la regarda.

— Attends, tu t'inquiètes pour elle et c'est pourtant elle qui t'a introduit à ce club. Tu ne devrais pas t'inquiéter, ils ne feront pas ça à la minute près. Elle pourra avoir le temps de se réorganiser ou ils la dédommageront.

— Mais tu ne comprends pas Will. Notre vie à nous n'est pas si facile. Vous ne comprenez pas, par exemple moi, deux ans avant que maman décède, j'avais commencé un emploi temporaire. J'effectuais la comptabilité d'un petit restaurant. J'y étais depuis quatre ans qu'en il a décidé d'employé une firme comptable pour me remplacer et tout ça parce que pour la première fois depuis quatre ans, j'ai été malade pendant trois jours. Je n'avais jamais pris une journée de congé ou de vacances avant ça, c'était la première fois que j'étais malade et sans préavis, il m'a mis à la porte. Si Kelly n'a plus d'emploi, elle se retrouvera dans les mêmes embarras que moi, elle ne pourra plus continuer ses études et ses colocs la mettront à la porte.

—Il t'a mis à la porte pour ça?

—Oui, sans préavis en plus.

—Salaud!

—J'avais réussi à mettre l'argent de côté pour payer ma troisième année universitaire. J'ai dû prendre cet argent pour survivre. Je ne trouvais pas d'emploi qui m'aurait donné la possibilité de payer ma chambre, ma nourriture et continuer à mettre l'argent nécessaire pour mes études. L'argent que j'avais s'envolait trop vite. Je ne pouvais plus revenir en arrière sans être obligé de laisser tomber mes études.

—C'est très désolant ça, mais ne t'inquiète pas. Si tu veux, j'irai parler au directeur du club et je suis certain que je pourrais arriver à une entente avec lui concernant Kelly. Sinon, je lui donne un emploi.

Will lui serra doucement la main pour l'encourager.

—Tu sais Kelly m'avait déjà parlé du club, mais je ne voulais rien savoir de ça. Pour moi, cela restait de la prostitution, mais finalement j'ai accepté d'aller au club avec Kelly, mais seulement pour une visite.

—Et c'est là que tu as fait chavirer mon cœur mon ange.

William et Angel souriaient. Son fils semblait enfin heureux et amoureux. Il pouvait voir dans leurs yeux à tous les deux la passion passer entre eux. Angel regarda Will et se mordait la lèvre inférieure.

—"Pas la lèvre mon ange, je vais devoir lui dire qu'elle me tue quand elle se mort la lèvre comme ça." Continue mon ange. Que sait-il passé après?

—Je...je suis tombé sous le charme d'un très bel homme.

Le sourire de Will s'élargit et ses yeux étaient doux pour son ange. Il se pencha pour l'embrasser.

—Je me demande bien qui cela pouvait être.

—Il a été très aimable , doux et attentionné avec moi. Si ce n'avait pas été de toi Will, je ne crois pas que je serais retourné au club pour m'inscrire.

—Désolé d'avoir contribué à tout ça, à l'exception d'avoir fait ta connaissance.

—Ne sois pas désolé, tu m'as fait passer une soirée merveilleuse. C'était magique pour moi.

—Pour moi aussi, mais les jours qui on suivi, eux, ils étaient l'enfer jusqu'à hier où j'ai pu retrouver mon petit ange.

William était attendri en les écoutant discuter.

—"Ils sont vraiment en amour ces deux-là. Je suis devenu invisible, c'est le signe irréfutable de l'amour ça"

—Un jour, au retour de l'école, la dame où je louais une chambre depuis deux ans est décédée. Son fils qui reprenait la maison le lendemain m'a demandé de partir sur-le-champ, car il ne voulait rien avoir à faire avec des pensionnaires. Alors je devais sortir le jour même, sans préavis encore. C'est pour ça que je suis retourné au club faire l'examen médical et que je me suis retrouvée dans une chambre d'hôtel.

—Mais Kelly ne pouvait pas te prendre pour quelques jours?

—Non, elle habite avec trois autres filles dans un appartement de deux chambres. Les autres filles n'auraient pas accepté.

Le silence tomba autour d'eux.

—J'ai été stupide, j'avais deux options...j'ai choisi la mauvaise. Je pouvais arrêter l'université et trouver un travail à temps complet ou finir mes études, mais au pris de mon corps. J'aurais dû choisir la première option.

—Il n'est jamais facile de faire des choix. Il n'est pas trop tard pour tes études et si tu avais choisi la première option, nous ne serions pas ensemble aujourd'hui. Je crois que c'est vrai parfois qu'il faut souffrir pour arriver à quelque chose de bien dans la vie.

—Oui, je te l'accorde. Maintenant je dois aviser Kelly si vous le permettez.

—Elle doit déjà savoir mon ange. Tu peux l'aviser que demain j'irai arranger les choses pour elle au club.

Le téléphone potable de William sonna.

—Bonsoir.

—M. Cooper, désolé de vous déranger, mais je cherche Will et…

—Il est avec moi mon garçon, un instant. C'est Dylan pour toi Will.

—Will j'ai un problème, tu as vu le message du club au sujet de l'âge des employés. Je n'ai aucun moyen de contacter Marble, je ne peux pas croire qu'ils ont fait ça. Le club ne veut pas me donner aucune information à son sujet.

Will regarda Angel et sourit. Angel le regarda surprise.

—Angel est avec moi, je vais voir si elle a des informations qui pourraient t'aider.

—Qui est Angel?

—Tabou, mais n'utilise plus ce nom. Elle s'appelle Angel.

—Ah! O.K. j'attends.

—Je te rappelle.

—Non j'attends Will, ne me fait pas ce coup-là.

—Dylan, ce n'est pas toi y'a quelques jours qui me disait de laisser aller, de ne pas mettre mes émotions en jeu, bla, bla, bla.

—Je me trompais. Tu lui demandes là Will.

Will roula ses yeux vers le ciel. Il passa la communication à Angel.

—Bombe...C'est-à-dire Dylan.

—Angel, s'il vous plaît, dis-moi que tu peux joindre Marble.

—Bonjour Dylan. Marble, tu peux l'appeler Kelly maintenant.

—Kelly! J'adore ce nom. Tu crois que je pourrais lui parler? T'as un numéro ou une adresse pour la joindre?

—Que dirais-tu de me laisser tes coordonnées? Je vais la joindre et ce sera à elle de décider.

—Will a tout ça. Merci Angel. Fait vite s'il vous plaît.

Angel sourit de la frustration de Dylan.

—C'est un plaisir Dylan. Je sais qu'elle sera très contente tu sais, alors ne t'en fais pas trop.

—Hé! Vous êtes où là vous deux?

—Sur le bateau de William.

—Bien, tu peux dire à Will de se reconnecter au monde extérieur.

Elle sourit à nouveau en regardant Will. Elle lui passa le téléphone, mais Dylan avait déjà raccroché.

—Qu'est-ce qu'il t'a dit?

—De te reconnecter au monde extérieur.

William et Will riaient. Leur ressemblance était énorme.

—Il dit que tu as ses coordonnées.

—Je les sais par coeur. Nous sommes amis depuis l'enfance.

—Tu crois qu'il y a un endroit où je pourrais acheter une carte de temps d'antenne pour mon téléphone portable?

Tous les deux la regardèrent.

—Si je comprends bien, vous ne savez pas du tout de quoi je parle, c'est ça?

Will fit la grimace.

—C'est une carte pour que je puisse utiliser mon téléphone portable.

—Tu peux prendre le mien.

—Non, mes numéros sont enregistrés dans le mien et si je ne remets pas de carte, je ne peux l'utiliser. Je ne me rappelle pas de son numéro par cœur.

—Où peut-on trouver ça?

—À peu près partout.

—Très bien. Je vais envoyer Ricardo.

Il appela Ricardo qui était resté sur son bateau, celui-ci arriva en quelques minutes. Will essaya d'expliquer à Ricardo ce qu'Angel voulait, mais finalement Ricardo se moquait de lui, il savait exactement ce qu'Angel voulait. Il fit un clin d'œil à Angel. Elle lui sourit.

—Je crois que Ricardo sait exactement ce dont j'ai besoin Will.
—Bien. Toi Ricardo tu ne paies rien pour attendre de te moquer de moi.

Will sortit un billet de cent dollars et le donna à Ricardo.

—Non, non, je veux payer moi-même.
—Vas-y Ricardo.
—Juste une carte de dix dollars Ricardo.

Elle se sentait mal à l'aise, elle voulait vraiment payer elle-même. Elle voyait bien que Will n'avait pas aimé qu'elle insiste pour payer.

William la regarda et lui fit un sourire.

—''Ce n'est pas une fille qu'il va pouvoir acheter celle-là.''
—Merci Will.

—Pourquoi mon ange, tu ne voulais pas que je paye?

—Parce que ce sont mes choses personnelles et c'est moi qui les paye. Suffit que tu me donnes un emploi, je pourrai payer mes choses sans problème.

Will ferma les yeux. Il la voulait beaucoup plus que ça, beaucoup plus que lui donner un emploi. Il la voulait tout le temps dans son lit, dans ses bras. Il voulait s'occuper totalement d'elle. William leva les yeux sur Will.

—Ce n'est pas parti gagner mon fils.

—Papa!

Angel souriait.

—Tu sais pour Kelly, elle n'a été que la personne qui m'a tendu la perche. Après le message public, elle me harcelait, elle ne voulait pas du tout que j'avance dans cette direction. Elle est une bonne amie et elle aussi, elle le fait pour pouvoir survivre et aller à l'université, pour ne pas finir dans la misère et donner un meilleur monde à ses enfants. La charité n'est pas une option pour moi Will.

—Désolé Angel.

—Si nous avons un foyer et un emploi, cela peut être assez bien, mais quand tu dois tout payer seul, c'est très différent. Les années d'études deviennent un enfer.

William sourit.

—Je ne réalisais pas tout ça.

—Moi par contre Angel, quand j'étais au lycée je savais qu'il y en avait et il y en aurait toujours. Alors je n'ai aucun pardon bidon comme mon fils.

—C'est vrai qu'il y en aura toujours William. Ce n'est pas grave, oublions ça.

—Si c'est grave mon enfant. Nous qui sommes si riches, devrions faire la différence et ne pas les oublier. À partir d'aujourd'hui, je vais travailler avec les universités et les collègues de la région pour subventionner...hum, disons 5 étudiants. L'étude que je vais faire sera pour savoir qui sera subventionné, elle portera sur les finances de ces étudiants, s'ils sont seuls ou s'ils vivent avec leurs parents, tout sera bien étudié pour s'assurer qu'ils sont admissibles.

—Vous allez financer leurs frais scolaires?

—Les cinq qui seront sélectionnés, nous allons financer leur première année étude et le plus méritant de ces cinq étudiants, sera le gagnant et je payerai pour ses deux prochaines années d'études. Je me baserai sur les résultats scolaires et les efforts pour s'aider lui-même à avancer dans sa vie personnelle, en dehors de l'université.

Angel avait les yeux écarquillés de surprise et d'admiration. Elle lui souriait. Elle mit sa main sur la sienne.

—Merci William. Kelly et moi ne sommes pas les seules, vous savez. Ce que vous voulez faire est très admirable.

—Bon les enfants, j'ai un ami qui va arrivé bientôt sur le bateau. Avant qu'il arrive Angel, j'ai à te parler. J'ai une grande nouvelle pour toi.

—Pour moi?

—Oui, j'ai toujours été très bon négociateur et là j'ai même fait la meilleure négociation de ma vie. J'ai négocié un dédommagement du club pour toi Angel. Le club savait très bien qu'ils avaient fait une très grosse erreur de mettre la virginité d'une jeune fille aux enchères. C'est affreux. Je ne leur ai pas donné le choix, je leur ai soutiré dix mille dollars pour toi sinon je ne les aurais pas lâchés.

—Hein! Quoi?

—Tu as bien compris, tu es plus riche de dix mille dollars maintenant. En passant, tu sais que le club allait faire un million de dollars pour ça.

—Dix mille dollars, je pourrais le partager avec Kelly pour qu'elle puisse faire ses études elle aussi.

Angel avait les yeux mouillés.

—Tu es très généreuse mon ange.
—Pour toi, le dépôt a été fait sur ce compte Angel.

Il lui tendit un livret. Will et Angel parlèrent en même temps.

—Déjà!
—Je ne lui ai pas donné le choix Angel.
—Merci encore William.

Ils se levèrent pour partir.

—Merci papa, pour tout.

Will et Angel marchaient doucement vers le bateau de Will et ils virent le bateau s'illuminer.

—Ricardo pense à tout. Cet homme est toujours avec moi, il est ma main droite, je lui ferais confiance avec ma vie.
—Quelle beauté!
—Ricardo!

—Non, le bateau encore. Ah! Ah! Ah!

Ils rirent.

—C'est très reposant être sur un bateau. Nous n'avions pas le temps de prendre la grande mer avec deux jours, mais maintenant...

Elle le regarda et lui sourit.

—Tu ne sembles pas te rappeler où je suis censée être.
—Ah oui! À l'université.
—Non, à ton bureau pour faire mon stage.
—Demain, je vais faire quelques appels et je crois pouvoir arranger ça. Pour les deux semaines qui suivront, tu fais un stage personnel avec moi et pour l'été, tu travailles avec moi à mon bureau.

Elle lui sourit.

— Ce serait possible tu crois?. Ah mon Dieu!
—Quoi?
—J'ai déjà mentionné à l'université que je n'y retournais plus.
—Mon ange, ne t'en fais pas. Je vais rétablir la situation demain.
—Oui, tu as raison.

Il la prit dans ses bras.

— Alors tu fais un stage sur mon bateau?

Ils partirent à rire et Will la regarda.

— "Quelle beauté oui, mais c'est elle la beauté, pas mon bateau. Elle est belle et toute à moi".
— Oh là là ! J'ai oublié d'appeler Kelly pour Dylan et il est là.
— Où?

Will regarda au loin et le vit venir à grands pas.

— Et tu lui as dit que nous étions sur le bateau...
— Dylan s'approcha d'eux, salua Angel du regard et fusilla Will.
— Où est ton téléphone portable Will?

Angel et Will se pinçaient les lèvres pour ne pas rire de la réaction de Dylan.

— Va vite chercher le numéro de Kelly mon ange.

Elle revint avec Kelly en ligne.

— Elle voudrait te...

Dylan sauta littéralement sur le téléphone portable d'Angel. Will et Angel ne pouvaient se retenir de rire de lui. Will repensait à la manière dont il avait agi lui même les derniers jours pour retrouver Angel et maintenant il comprenait pourquoi son père avait dit avoir bien ri avec Marlyn.

—Dylan, va la chercher, je crois que nous avons quelque chose à fêter et elle pourrait coucher ici avec toi cette nuit.

—Kelly, donne-moi ton adresse, je vais te chercher et t'enlèves pour la nuit. Nous allons passer la nuit sur le bateau de Will.

—Angle, elle veut te parler maintenant.

—Merci Angel d'avoir retrouvé mon prince charmant. Nous avons tellement de choses à nous dire tous les deux.

—Va te préparer, nous nous voyons bientôt.

Will la prit dans ses bras.

—Elle habite loin Kelly?

Elle regarda Will et sourit.

—À l'autre bout de la ville.

—Alors, je t'amène dans mon jacuzzi.

—Hum.

—Je sais à quoi tu penses, mais ce sera sans maillot, tout nu.

Il l'entraina dans le jacuzzi où ils firent l'amour et discutèrent par la suite. Ils avaient tellement de choses à apprendre l'un de l'autre.

—Y'a-t-il quelque chose que tu n'as pas sur ce bateau?

—Si je ne l'ai pas, Ricardo va le chercher. Ah! j'oubliais, je ne t'ai pas fait visiter.

—Nous avions beaucoup plus important à faire quand même.

Il lui sourit et l'embrassa.

—Je devais te montrer que nous pouvions utiliser un condom dans l'eau.

—Merde. Je l'avais tellement regretté cette question stupide.

—Mon ange, tu ne m'as toujours pas dit ton âge.

—J'ai vingt ans et toi Will?

—Trente-deux ans, ça nous fait douze ans de différence. Tout compte fais je me sens un peu coupable de te l'avoir demandé.

—Non, il ne faut pas Will. T'aurais pu avoir n'importe quel âge, c'est dans tes bras que je veux être.

—Moi aussi mon ange.

Quand Kelly et Dylan arrivèrent, Will et Angel venaient d'arriver sur le pont avant. Les filles se tombèrent dans les bras l'une de l'autre. Will et Dylan leur donnèrent un peu de temps seules. Les gars les regardaient avec satisfaction, tous deux avaient ce qu'ils voulaient.

—Je suis content que Kelly et Angel se connaissent, sinon je l'aurais perdu.

—Hum. Tu sais qu'Angel s'est présentée à la firme, elle était une de mes étudiantes, imagine, j'avais foiré avec ça aussi.

—Non, c'est vrai.

Will ouvrit une bouteille de champagne et ils allèrent rejoindre les filles.

—À quoi lève-t-on nos verres?

Will regarda Angel dans les yeux avec un doux sourire.

—À l'amour je crois.

—Alors ce sera à l'amour.

—Allez passer vos maillots et on se retrouve à la piscine.

Angel était maintenant installé dans la chambre de Will alors que Kelly et Dylan se retrouvaient dans la chambre à l'opposé.

—Will, tu as un maillot pour moi?

—Ricardo va t'en apporter un.

—Merci

Ricardo apporta des maillots à tous.

—Salut Dylan, voilà ton maillot.

—Non tu veux rire de moi là Ricardo, tu sais très bien que je ne porte pas des maillots comme Will, ils sont...yark, ils sont si...tu n'achètes toujours qu'un seul modèle.

—C'est tout ce qu'il y a à bord.

—Je ne sais pas si je dois te remercie.

—Il m'a bien eu, regarde ce maillot Kelly.

—Il te va très bien ce maillot, même que j'aimerais bien te l'enlever moi.

—Viens ici, petite coquine. Tu sais j'aime bien ton nom, Kelly.

Il l'embrassa.

—J'ai eu si peur de te perdre. Tu peux me l'enlever ce maillot quand tu veux. Will et Angel peuvent attendre, ils les ont eux leurs retrouvailles.

Ils firent l'amour avant d'aller rejoindre leurs amis sur le pont.

—Ton bateau est magnifique Will.

—Mais tes maillots sont laids Will.

Ils partirent à rire.

—C'est vrai, j'avais oublié que tu ne les aimes pas.

—Il te va bien Dylan, toi aussi Will. Super sexy les garçons.

—Je suis d'accord avec toi Kelly, ils sont à tuer ses maillots et les hommes qui les portent aussi.

—Bon, je crois que je vais finir par les aimer dans ce cas.

Ils discutèrent et riaient ensemble pendant quelques heures avant de disparaitre dans leurs chambres respectives. Ils se rejoignirent pour le dîner sur la terrasse le lendemain.

—Will me disait que vous partiez avec le bateau pour deux semaines?

—Oui mais nous devons faire quelques appels avant de voir si nous le pouvons sans problème.

—Non mon ange, tout est arrangé, tu dormais comme un bébé. Je me suis occupé de tout.

Il la serra dans ses bras si fort et l'embrassa tendrement. Le baiser qui promettait des heures et des heures de plaisirs.

—Les chanceux.

—Tu me le dis. Tu pourrais faire ça toi aussi Kelly, prendre deux semaines de vacances de l'université?

—Je n'en ai aucune idée. Mais je crois qu'ils veulent partirent seul Dylan.

—Mais j'ai mon bateau ma petite Kelly.

—Oh! je ne le savais pas, comment voulais-tu que je sache?

—Nous avons aussi comme eux, beaucoup de choses à nous dire.

Kelly le regardait d'un regard d'espérance, elle voulait la belle vie, elle faisait tout pour y arriver, elle devait y croire. Mais ce pouvait-il qu'elle l'avait trouvé, qu'il était devant elle. Elle devait donner une chance à cet amour. Will regarda Angel et lui fit un clin d'oeil.

—Pourquoi ne partiriez-vous pas avec nous? Le bateau est assez grand pour quatre sans problème.

Kelly ne savait plus où mettre la tête, tout allait si vite pour elle et Angel. Elles vivaient des changements et de l'épatement depuis quelques jours. Tout de cette vie les surprenait, tout semblait soudain si facile, si simple. Kelly se fondait dans le décor elle, elle n'avait pas de problème avec tous ces changements et ces adaptations, mais Angel ne se sentait pas si bien qu'elle, même si elle était bien avec Will.

Elle regarda Angel et fit un grand soupir. Angel partit à rire.

—C'est comme ça pour moi aussi.
—Est-ce possible que notre vie puisse changer si vite et si dramatiquement Angel?

Dylan s'approcha de Kellypour la prendre dans ses bras et l'embrasser.

—Ça mon bébé, c'est moi le prince charmant qui est venu te sauver pour t'amener dans mon château.
—Arrêté, bêta.

Il l'embrassa.

Finalement, le bateau leva l'ancre dans la soirée avec les deux couples.

Il y avait une ambiance merveilleuse entre eux. Ils firent quelques arrêts dans des petits villages qu'ils visitaient.

Dans une des villes où ils arrêtèrent, Angel et Kelly partirent seules faire les boutiques.

—Hé! regarde Kelly, j'ai envie d'un tatouage.

—Quoi, toi?

—Oui moi. Viens, tu en veux un toi aussi, je te le paye. S'il vous plaît Kelly.

—O.K. mais qu'est-ce que je vais choisir?

—Moi je sais exactement ce que je veux.

—Ah! oui, et quoi donc?

—Je vais faire écrire Rico en belles lettres et en dessous, je vais choisir le dessin d'un ange. Will m'appelle toujours mon ange. Quand je l'ai rencontré pour la première fois, il était Rico et j'adore ce nom. Tu sais Ricardo l'appel toujours Rico. Alors j'y vais pour l'ange et Rico.

—C'est drôle qu'il t'ait appelé comme ça et il ne savait pas que ton nom était Angel.

—Oui, il m'avait appelé mon petit ange le premier soir et ça m'a fait sourire.

—Bon, moi je pourrais choisir une bille qui explose.

Elles partirent à rirent.

—Ça te ressemble parfaitement Kelly.

—Oui, c'est vrai.

—À quel endroit tu te le fais faire!

—Ici, sur la bas de la hanche à l'avant. Peut-être l'ange ici et Rico juste au-dessus.

—Je n'aurais jamais cru que tu te ferais faire un tatouage et à cet endroit en plus si près de....hum je suis vraiment surprise. Whouaw! Les gars vont rester bouche bée.

—On ne leur dira pas, on va garder ça pour une surprise ce soir.

—Mais Angel, ils seront couverts pour les premiers jours.

—On va quand même pouvoir leur montrer, ils vont avoir une idée du produit fini. Je suis sure que ce sera comme un trophée pour eux. Je les vois parler de ça comme un exploit pour eux. On va surveiller ça.

—Oui, je peux imaginer. Angel, nous avons tellement de chance qu'ils soient venus nous chercher.

—Oui et moi quand j'ai su que j'avais dix mille dollars, je n'en croyais pas mes oreilles?

—Dix mille dollars Angel, dix mille tu te rends compte.

—Oui, je vais faire de bonnes choses avec. En commençant par payer nos études à tous les deux.

—Quoi?

—Oui ma belle, je vais payer la fin de tes études.

Kelly avait les larmes aux yeux. Elle prit Angel dans ses bras.

—Merci Angel, je vais te rembourser.

—Non, c'est un cadeau.

Elles arrivèrent avec quelques sacs dans leurs mains. Les gars les regardaient remonter sur le bateau.

Kelly et Angel se regardèrent et partirent d'un rire fou.

—Kelly et moi nous disions avant d'entrer sur le bateau que nous n'avions jamais fait autant fait d'achats en un seul coup.

—Vous avez fait livrer le reste?

Tous deux cessèrent de rire.

—Non, nous avons tous dans nos mains, regardez tous les sacs, nous avons les bras pleins.

—Quoi, c'est tout?

—Kelly et Angel se regardèrent surprises.

—Mais oui Dylan, c'est même beaucoup.

—Les filles, vous devriez voir quand les femmes...bien ceux qu'on fréquentait avant, elles arrivaient avec très peu dans leurs mains, mais les livraisons étaient monstres.

—Hé bien! Nous, nous sommes très satisfaites de notre magasinage.

Les filles avaient hâte de montrer leur tatouage aux hommes et elles prétextèrent être fatiguées de très bonne heure. Elles partirent pour leurs chambres avec leur conjoint.

—Will, l'autre jour dans ton bureau, ton père semblait aussi connaitre ton surnom Rico. Tu me dis pourquoi il savait.

—Rico est le nom que ma grand-mère m'a toujours donné.

—Pourquoi?

—Je ne le sais pas, elle a quatre-vingt-neuf ans maintenant. Elle a eu mon père à dix-sept ans imagine, c'était très jeune.

—Alors elle t'appelle Rico.

—Oui, tu dois la rencontrer un jour, tu l'aimeras et elle va t'adorer.

—Dans ce cas, j'ai bien hâte de faire sa connaissance, mais entre-temps, nous allons passer à quelque chose de plus sérieux.

Il s'approcha pour la prendre dans ses bras, mais elle le repoussa.

—Non, reste sur le lit. Tu te rappelles notre premier baiser? Tu m'as appelé mon petit ange?

—Oui et je t'appelle toujours mon ange. J'étais déjà envoûté par toi.

—Bon, c'est aussi mon nom. Il y a aussi les vrais anges aussi.

Angel défie son pantalon et le laissa tomber. Will arqua les sourcils en voyant le bandage sur sa hanche.

Elle enleva délicatement le bandage et lui indiqua qu'elle devait garder celui-ci pendant deux jours.

—Regarde.

Il était écrit RICO avec un ange en dessous.

—Un ange...et Rico.

Il l'admira puis de plus près et lui donna un baiser à cet endroit.

—J'adore.

—Merci, c'est juste pour nous deux.

—Tu sais où est mon tatouage d'ange moi?

—Ah! non, je ne l'ai pas vu, où?

—Dans mon coeur.

—Ah!

Elle s'approcha et l'embrassa.

—Tu sais, j'aime tellement ce nom Rico.

—Tu peux m'appeler comme ça si tu veux. Ricardo le fait toujours et d'autres aussi.

—Je le garderai juste pour nous deux quand nous sommes seuls ou entre amis qui connaissent ce nom.

—Juste pour nous deux ça aussi, oui.

Ils firent l'amour jusqu'aux petites heures du matin. Ricardo les accueillit au matin.

—Bonjour vous deux, vous savez que bientôt vous ne verrez plus le soleil dans le ciel.

—Ricardo s'il vous plaît.

—C'est vrai, vous faites l'amour toute la nuit et vous vous levez de plus en plus tard. Vous ne voyez maintenant plus aucun beau paysage.

—Ricardo, je te mets à la porte.

Il disparut et Angel avait les yeux écarquillés.

—Mais tu ne vas pas le mettre à la porte pour ça, voyons!

Will se pinça les lèvres.

—Ça ne se fait pas?
—Il est parti faire ses choses, il sait très bien que je ne l'ai pas mis à la porte.
—Non regarde, il part.

Will se retourna très vite et voyait Ricardo parler avec le capitaine du bateau.

—Ah toi! tu m'as bien eu. Je crois que je ne pourrai plus lui dire ça de peur de le voir partir.

Ils rirent.

—Que veux-tu faire ma princesse aujourd'hui?
—Ne m'appelle pas comme cela s'il vous plaît.
—Bien, puis-je savoir pourquoi?
—Parce que mon père m'appelait toujours comme ça. Alors c'est pour moi un nom qu'un père dit à sa fille par amour. Nous on couche ensemble, ça ne sonne pas vraiment bien dans ma tête.
—Plus jamais princesse mon ange.
—J'aime mieux ça.

—Alors, que veux-tu faire? Il y a une petite ville près d'ici. Si tu veux, nous pourrions prendre le souper là et danser un peu.

—Tu danses vraiment?

—En particulier des slows oui, pour ce qui est des autres, pas beaucoup pour moi. Je voulais t'amener dans un restaurant où la musique est plutôt douce.

—Parfait.

—C'est bien pour ce soir donc. Entre-temps j'ai reçu un appel et je dois vraiment passer quelques heures dans mon bureau. Désolé pour cela. Que dirais-tu d'une autre journée magasinage?

—Si Kelly est partante, pas de problème.

Elles partirent faire les magasins à nouveau et Kelly vit un endroit où elle pouvait se faire faire l'épilation.

—Tu veux bien entrer ici avec moi Angel. Hier, tu as eu envie d'un tatouage et je t'ai suivi dans ta folie.

—Tu m'as pourtant dit que Dylan en a été fou.

—Oui, mais aujourd'hui, c'est à mon tour de choisir et tu dois me suivre dans ma folie.

—Et ta folie est?

—Se faire épiler.

—Sans problème.

Angel la suivit à l'intérieur et elle commanda une épilation complète avec les parties inférieures.

—Qu'est-ce que tu as dit?

—T'as bien dit sans problème à l'instant.

—Oui, mais je...

—Angel s'il vous plaît, tu ne le regretteras pas, j'ai souvent entendu des filles dire que les hommes craquaient sur ça.

Angel prit une grande respiration.

—O.k. va pour l'épilation complète.

Elles avaient décidé de se faire faire la manucure ainsi que les cheveux en même temps.

—Ouf!

—Quoi, qu'est-ce que tu as?

—Je me sens tellement nue, c'est incroyable ce que ces poils pouvaient nous couvrir.

—Oui j'ai aussi cette sensation.

Elles riaient en attendant Ricardo qui devait revenir les chercher.

—Tu sais je crois que je vais appeler Will du nom de Rico maintenant. Je trouve ce nom tellement sexy.

—Oui c'est vrai, mais moi j'aime mieux Dylan que Bombe.

—Ah! Ah! je te comprends pour ça.

—Tu sais Angel que tu as tellement changé depuis que je te vois avec Will, c'est incroyable.

—Mais c'est pour le bien j'espère.

—Oui, pour mille fois meilleur.

—Je l'aime beaucoup, mais je ne veux pas m'emballer trop vite, tu comprends, ça ne fait que deux semaines que nous sommes ensemble. Le temps nous dira si ce que je ressens est vraiment de l'amour ou de l'épatement ou je ne sais quoi. Ah! Ricardo est là.

—Salut Ricardo

—Salut les filles, qu'avez-vous fait cette après-midi? Je croyais que vous étiez parties faire du magasinage, pourtant à la grosseur des sacs que vous avez dans les mains, je dirais qu'il ne peut contenir que quelques produits de beauté.

—C'est exactement ça.

Angel leva les yeux et elle resta saisie sur place.

—Qui a-t-il Angel?

—Regarde Kelly, regarde.

—Quoi, où?

—Dans la boutique, je vois la robe que je portais le soir où Rico m'a rencontré.

—Whouaw! Angel, je ne t'ai pas vu dans cette robe, mais définitivement, tu dois l'acheter. Elle est magnifique et avec tes yeux, là je comprends pourquoi mon patron était fou depuis ce soir-là.

Ils partirent tous à rire et Ricardo leur dit de vite courir acheter cette robe.

—Prenez votre temps les filles, je stationne l'auto et viens vous rejoindre.

—Je vais en acheter une aussi et tu nous diras si nous sommes belles.

—Les filles, je peux vous dire si une tenue vous va bien ou pas, mais vous êtes belles et ça, c'est sûr.

Les filles entrèrent dans la boutique et Ricardo stationna l'auto pour ensuite composer le numéro de Rico.

—Salut, je voulais te dire que comme j'étais sur le point de faire entrer Angel dans la voiture, elle a vu une belle tenue dans la boutique d'en face, alors ce soir, ce sera la tenue de soirée mon gars et tu vas flipper.

—Tu n'as pas compris que je flippe déjà Ricardo.

—Oui je sais, mais là prépares toi. Ah! je vais vous faire préparer des habits à toi et Dylan et nous allons avoir un peu de temps à perdre, alors je vais m'amuser avec les filles.

Il coupa vite la communication sans que Rico ne puisse dire un autre mot. Ricardo riait en entrant dans la boutique. Il alla trouver les filles, Angel n'était pas encore sortie. Quand elle sortit de la cabine d'essayage, il était ébahi de la voir.

—Mon Dieu! Je comprends que Rico est tombé fou de toi, regarde-moi ça. N'importe quel homme deviendrait fou. Bon, je sais, je dois m'abstenir, tu appartiens à mon patron…et moi j'appartiens à Shean. Mais, que tu es belle!

—Arrête, tu me fais rougir là. Kelly j'aime cette robe sur toi elle est magnifique. Le rouge te rend ouf! Éblouissante.

—Oui ouf! Tu l'as dit Angel.

—Regarde, ma robe est une différente de celle que j'avais au club.

—Elle te va à merveille Angel.

—Allez-vous changer les filles, si vous avez fini ici, j'ai fait préparer des costumes pour vos hommes et je dois les attendre, alors je vais vous amener dans une autre boutique que j'aime beaucoup dans cette ville?

Ricardo les amena dans une boutique de sous-vêtements et à l'arrière de la boutique, il y avait des articles pour la soumission.

—Oh là là! Angel c'est wouah!

—Tu trouves toi.

Angel se pencha à l'oreille de Kelly.

—Je ne sais même pas à quoi servent toutes ces choses.

Ricardo entendit et s'avança vers eux.

—Je peux vous aider si vous voulez. La soumission est un jeu, mais un jeu qui doit se jouer avec respectabilité. Vous voyez ici, les choses sont placées par ordre, pour comprendre le début jusqu'au maximum de la soumission. Mais je vous amenais ici pour les vêtements. Si vous voulez commencer la pratique de la soumission, ce serait de commencer par une petite surprise pour les hommes. Hum, je pourrais ajouter que je sais déjà qu'ils aiment.

Angel avait de grands yeux et elle l'écoutait religieusement. Elle le regarda et ne savait pas quoi dire jusqu'à ce que Kelly s'éloigne d'eux.

—Ricardo, tu peux me dire exactement ce que Rico aimerait.

—Angel, ne soit pas timide, la plupart des couples jouent à des jeux, quels qu'ils soient. La soumission est le plus populaire. Il y a différent niveau. Tu ne peux que commencer par le début.

— Bien...tu peux m'aider avec ça.

— Oui, je vais te suggérer des choses et tu choisiras.

— Non, je préfère que tu en fasses l'achat seul, je n'ai pas envie que Kelly sache ce que j'achète.

— Bien, je vais vous laisser sortir et je reviendrai faire l'achat.

— Merci.

Angel alla acheter des sous-vêtements et des sandales très belles et très sexy. Kelly ne s'était pas gênée pour faire ses achats sexuels avec eux.

— Allez-y les filles, je vous rejoins dehors dans quelques minutes.

— On va rendre les gars fous ce soir.

— Oui, mais si j'ose le rendre plus fou, son érection va exploser.

— Ah! Ah! Ah!, c'est le cas de le dire. C'est ce qui va arriver ce soir.

— La soirée va être courte entre amis ce soir encore.

— J'en ai bien peur oui.

Ils revinrent sur le bateau. Ricardo leur dit que les hommes étaient à la piscine. Elles allèrent mettre leur maillot avant de les rejoindre.

—Salut mon ange. T'as passé une bonne journée?

—Oui, merveilleuse. Tu verras plus tard que cette journée était magnifique pour toi aussi.

Tout à coup Kelly apparut et elle s'arrêta net. Elle roula les yeux et leva les mains dans les airs. Angel la regarda et regarda où ses yeux regardaient. Elle comprit, les deux hommes avaient une érection majeure. Elles partirent d'un rire fou et les gars comprirent. Rico se leva et alla se placer derrière Angel et lui chuchota à l'oreille.

—Tu vois ce que tu me fais.

—Dylan a le même problème.

—Viens, on entre dans l'eau.

—Ne rit pas de moi Will. Je crois que je vais devoir envoyer Ricardo me chercher des maillots normaux.

Will était impatient de voir Angel après ce que Ricardo lui avait dit. Kelly et Angel avaient insisté pour s'habiller ensemble pour la soirée. Kelly prit le bras d'Angel en rejoignant les hommes sur le pont. Les hommes en avaient le souffle coupé.

—Oh Kelly! Le rouge te va si bien ma beauté.

Dylan ne voyait que Kelly et Will regardait Angel dans les yeux et se mordit la lèvre, il ferma les yeux quelques secondes. Ils les ouvrent et elle était à deux pas de lui.

—Mon ange, tu veux me tuer. Je repense à cette nuit horrible que j'ai passée après notre première rencontre. Ce soir je ne souffrirai pas mon ange, je vais pouvoir te prendre toute la nuit. Cette robe me tue, je te le dis.

—Alors, tu ne veux plus m'amener au restaurant.

—Hum oui, mais je serai en souffrance jusqu'à ce que nous revenions sur le bateau.

Les filles riaient de la réaction que les gars avaient. Le repas était merveilleux. Tous les regards se tournèrent sur Angel.

—Mon ange, tu vois les gens?

—Oui, mais que veux-tu dire?

—Tous te regardent. Tu es comme une vedette de cinéma, mais toi tu es naturelle. Tu es si belle mon ange. Merci d'avoir acheté cette robe, elle te va à merveille.

—Il y a plus.

—Quoi, tu veux vraiment me tuer d'amour. Ne me le dis pas avant d'arriver sur le bateau, j'ai peur de ne pas y survivre.

Angel se pinça les lèvres.

—Êtes-vous prêts à retourner au bateau?

—Non, allez-y et on vous rejoindra plus tard, ma belle Kelly veut danser.

—Alors on se revoit plus tard. Viens mon ange.

—Tu dois appeler Ricardo?

—Non, il n'est pas loin. On va l'apercevoir dehors.

Une fois dans la limousine, Will ferma la vitre derrière Ricardo et leva sans effort Angel pour la mettre sur ses genoux. Elle pouvait sentir son érection coller à sa cuisse. Il mit sa main sur sa cuisse et la fit glisser jusqu'à ses lèvres.

—Je vais t'exciter comme tu m'as excité. Tu me fais souffrir, je voulais te prendre là, je n'avais qu'une chose en tête et c'était de mettre ma main là...sous la table.

—Ah! Rico...

Il arrêta tout et leva la tête brusquement pour la regarder dans les yeux.

—Ah! C'est l'autre surprise. Tu aimes?

—Merveilleux, je dois regarder maintenant. Montre-moi, fais-moi voir mon ange. Lève cette robe et montre-moi.

Il était si insistant, comme un enfant. Elle n'eut d'autre choix que de lui faire plaisir. Elle alla s'asseoir sur le banc opposé de la limousine et leva sa robe doucement, tout en mordant sa lèvre. Il regarda quelques minutes, puis s'avança et la caressa.

—Je dois la prendre, elle est si douce.

Il la fit jouir et ensuite quand il avait sa satisfaction habituelle de respecter de faire jouir les dames avant lui pour pouvoir avoir le meilleur d'elles, il la fit jouir à nouveau avec lui.

—Nous allons recommencer, encore et encore mon ange, j'ai toujours si soif de toi. Tu sais mon ange, j'aime bien que tu m'appelles Rico, j'aimerais que ce soit toujours, tu veux?

—Oui Rico, j'adore ce nom aussi. J'aime les deux noms, mais Rico est définitivement plus sexy.

—Aussi, tu m'as excité avec tellement de choses ce soir, la robe, l'épilation, pas de sous-vêtement, tu es une explosion à toi seule.

—Alors je me demande ce que ce sera quand nous arriverons au bateau.

—Je vais te faire l'amour encore et encore.

—Non je veux dire quand tu verras ma dernière surprise.

—Aaaaaa mon ange, tout ça en un soir. Qu'est-ce que c'est?

—J'ai bien utilisé le mot "surprise" Rico.

—Aaaaaaaaaaaaa. Tu vas m'avoir, tu veux vraiment me tuer. Je commence même à me demander si on peut mourir à trop faire l'amour. Je suis si bien avec toi. Dis-moi mon ange, comment cela se fait-il que tu ne sois pas déjà avec un homme, je ne comprends pas, tu es si belle?

—Je n'avais juste pas rencontré le bon et là je l'ai…toi, je suis avec toi, je suis à toi seul.

Il l'embrassa tendrement.

—Je pourrais aussi te poser la question.

—Elles étaient toutes des poupées et non des femmes. Alors que toi, tu es une vraie femme, un ange juste pour moi.

Arrivée au bateau, il lui offrit un verre.

—Que dirais-tu d'apporter la bouteille dans la chambre pour pouvoir voir ta dernière surprise?

—Ma dernière!

—Je t'en trouverai bien d'autres. Je suis une experte pour dénicher des cadeaux.

—J'adore. Alors tu vas encore m'épater?

—Oui et cette fois, je crois que tu vas aimer.

—J'ai aimé tous les autres je t'assure mon ange.

Elle fit la grimace

—Je l'espère, mais je suis moins certaine pour celui-là...et j'ai eu un peu d'aide.

—Arrête de parler, je sens que tu vas me le dire avant que je le voie. Ça y'est, tu t'es faire du piercing au nombril?

—Yark non, je n'aime pas les piercings.

—Bon, ça tombe bien moi non plus je n'aime pas ça. Buvons nos verres tranquillement et je vais essayer de deviner. Est-ce que c'est sur toi?

—Non.

—C'est dans la chambre.

Elle sourit.

—Oui.

—Très bien. C'est gros.

—Je ne peux pas répondre, tu devras enlever un morceau de linge pour chaque question.

Il enleva sa chemise puisqu'il avait déjà enlevé son veston sur le pont.

— O.k. non ce n'est pas gros. Mais ce qui est dans ton pantalon commence à grossir.

— Très drôle, c'est parce que tu m'excites encore. Bon, c'est petit alors.

Elle ne répondit pas.

— Pourquoi tu... Ah! un morceau de linge, j'oubliait.

Il enleva son pantalon

— Oui, si ce n'est pas gros, c'est petit.

— Cela aurait pu être moyen.

— Ah! Alors c'est petit.

— Hum, je peux fouiller?

— Oui, mais pour fouiller, ça te coûtera le reste de ton linge.

— Tu me veux tout nu hein.

— Oh! Absolument.

Il ouvrit tiroir par tiroir pour enfin trouver ce que Ricardo avait choisi pour elle.

— Mais qu'est-ce que...

Il la regarda.

—Toi tu as acheté ça, j'en doute mon ange. Qui t'a influencé?

Elle fit la moue comme si elle était déçue.

—Je crois que tu sais très bien qui m'a aidé et non influencé.

—Oui, je le connais assez bien pour ça. Mon ange, nous n'avons pas besoin de cela. Pourquoi as-tu acheté ça?

—Parce que j'aime bien jouer avec toi. Par contre, ça, je n'y connais rien et ça m'intrigue. J'aimerais apprendre avec toi. J'ai lu sur internet que les hommes aimaient beaucoup et oui Ricardo me l'a aussi mentionné. Il m'a juste aidé à choisir.

—C'est quand même lui qui vous a amené dans cette boutique, j'imagine.

—Rico s'il vous plaît vient près de moi.

Il apporta le sac contenant les achats et vint rejoindre Angel.

—Rico si je veux essayer, j'étais la seule à faire ce choix, ce n'est pas Ricardo qui décide pour moi.

—Ça me rassure.

—Oui, alors je suis contente qu'il nous ait apporté là et en plus, il pouvait m'aider à choisir en toute sécurité.

—Bien, mais c'est différent, tu sais. Ce n'est pas l'amour vanille.

—Je sais. J'ai aussi demandé à Ricardo si tu avais déjà....

—Quoi, tu as demandé ça à Ricardo?

—Écoute, s'il nous amenait là, c'est qu'il savait très bien. Il a eu des problèmes à me répondre, mais j'ai compris. Alors je sais, on peut essayer ou quoi?

—Tu es terrible.

—Oui Kelly me le dit constamment.

—Je ne veux pas passer à ça avec toi tout de suite. J'aimerais beaucoup t'apprendre plein d'autres petites choses avant.

—Comme la sodomisation?

Il baissa la tête et la laissa aller sur l'épaule d'Angel.

—Moi qui pensais que tu ne connaissais rien.

—Je ne connais pas ça Rico, je veux apprendre en douceur avec toi.

—Justement mon amour, tu n'y vas pas en douceur là, tu y vas au grand galop.

—Très bien alors, nous le garderons pour plus tard.

Il l'embrassa

—J'aime mieux ça, pour tout de suite je n'ai pas la patience de ne rien te montrer, juste te pénétrer mon ange, j'en ai besoin maintenant.

Il lui fit l'amour et ensuite il l'amena dans la douche où ils firent l'amour à nouveau.

On frappa à la porte.

—Oui.
—Will je suis en rupture de stock.

Will roula les yeux vers le ciel et ils partirent à rirent.

—Ce n'est pas drôle, ça presse là, tu en as ou pas?

Will se leva, prit quelques condoms dans la table de nuit et alla lui en donner.

—Imcroyable ce gars. Qu'est-ce qu'il pensant faire sur le bateau pour deux semaines.
—J'ai entendu ce que tu as dit. Aussi, dis à Angel de ne pas rire de moi.

Cela fit sourire Will. Il se retourna vers Angel.

—T'as entendu là.

—Ah! Ah! Ah! Oui, mais renvoie-le.

—Tien et au revoir Dylan.

Il referma la porte et sauta sur le lit.

—Oh! J'ai oublié, j'ai trouvé des sacs dans le placard et je ne voulais pas les ouvrir, mais j'étais quand même curieux de savoir ce qu'il y avait dedans. Attend je vais les chercher.

Angel savait de quels sacs il parlait. Elle avait acheté des sous-vêtements à la même boutique où Ricardo avait fait ses autres achats.

—Tu vois, il y en a deux. Tu veux bien me montrer.

—Hum, je ne sais pas. Tu vas peut-être devoir me faire jouir avant que je te montre.

Comme demandé, madame fût servie.

—Alors je peux les ouvrir maintenant?

Elle se mordilla la lèvre.

—Hou là là! Ça semble sexy même avant que je les ouvre.

—Oui, ouvre-les.

Will ouvrit les sacs et sortait la lingerie des plus exquises.

—Dis-moi mon ange, quand vas-tu mettre ces belles choses?

Elle l'embrassa en lui répondant.

—Quand tu me le diras Rico.
—Finalement, je vais finir par être obligé de te les mettre rouge tes petites fesses à force de me tenter comme ça. Tu me pousses à bout, tu sais ça mon ange.
—Hum, j'aimerais Rico.

Il la retourna sans effort et lui leva le bassin vers le haut. Il lui embrassait les fesses une à une en les caressants.

—Tu sais que tu as le plus beau petit cul rose et qu'il m'agace constamment.
—Alors, amuse-toi et si on disait que pour chaque satisfaction que tu te fais, tu dois me faire jouir.
—C'est toujours le but premier ça mon ange, alors ce sera facile.

Il la frappa doucement une fois et s'assura de regarder sa réaction.

—Ça va?

—Oui, ce n'est pas une petite tape comme cela qui me dérange.

—Pourquoi me provoques-tu toujours comme ça mon ange?

—Je ne sais pas, c'est plus fort que moi je crois.

Il la frappa de nouveau et la caressa après chaque tape.

—Tu aimes?

—Je ne sais pas encore, disons que ça surprend, mais je ne peux pas dire que je n'aime pas. Tu vas devoir faire mieux pour que je sache.

—Ne fais pas ça mon ange.

—Ne fait pas quoi?

—Me provoquer encore et encore?

Il lui asséna une autre tape.

—Compte les coups pour moi.

—Oui, nous sommes à trois.

—Chaque fois que je frappe, tu dois compter fort.

—Huit.

—Neuf.

—Dix.

Angel commençait à ressentir un certain plaisir. Il la caressait entre chaque tape et l'excitait de plus en plus.

—Nous n'irons pas plus loin pour ce soir, car je n'ai pas de crème pour ton joli cul.

—Rico s'il vous plaît, pénètre-moi, j'ai besoin de toi en moi.

—J'aime quand tu me supplies mon ange. Pour aujourd'hui je vais entrer maintenant, mais une autre fois, je te ferai attendre un peu en te caressant pour que tu apprennes à patienter et à jouir quand je te le dirai.

—Oui, entre s'il vous plaît.

Il la pénétra d'un coup en regardant les rougeurs sur ses fesses et il caressa son anus très doucement. Elle avait ouvert la porte où il n'était pas certain de vouloir l'amener. Mais Rico aimait la soumission.

—Quelle beauté mon ange, tu es une merveille de partout. Jouie avec moi, vient mon ange.

Rico tomba sur le lit à côté d'Angel et il l'a rapprocha de lui, elle mit sa tête sur son épaule. Tous les deux altèrent de plaisir et de satisfaction.

—Tu es merveilleuse mon ange. Je n'étais pas préparé à ça. Je dois appeler Ricardo pour savoir si nous avons de la crème pour tes jolies fesses maintenant.

—Dans mon sac, j'ai vu de la crème.

—Mais oui, pourquoi n'ai-je pas pensé à ça.

Il se leva et alla ouvrir le sac de nouveau. Il y avait un fouet, une crème pour la sodomisation, une crème pour apaiser les fesses après les coups de fouet et des outils à la préparation de l'anus avant la sodomisation.

—"Il a pensé à tout, c'est pour cela que je le paie, mais pas pour décider à ma place. Je vais devoir lui parler."

Il étendit doucement la crème sur les fesses d'Angel.

—Comment as-tu trouvé ça mon ange?

—C'est drôle, j'appréhendais beaucoup, mais finalement, plus tu frappais, plus mon plaisir augmentait en même temps par tes caresses. J'aime bien.

Il l'embrassa et la serra dans ses bras. Au matin, ils n'avaient pas bougé, ils étaient toujours enlacés. Will s'éveilla le premier.

—"Comment puis-je si bien dormir avec Angel dans mes bras et que je n'ai jamais enduré de dormir avec d'autres femmes toute une nuit, ça me rendait fou, je ne pouvais pas dormir tellement elles me dérangeaient."

Il lui caressa les fesses, elle s'éveilla doucement.

—Bonjour mon ange.
—Bonjour Rico.

Ils s'embrassèrent.

—Ça va les jolies fesses?
—Oui, cette crème fait des miracles, car je ne sens plus rien.
—Hum, reste ici, je te fais couler un bain mon ange.
—Ils étaient dans le bain tous les deux, elle était appuyée sur son dos.
—J'ai beaucoup de choses à apprendre sur le sexe.
—Oui, c'est un monde assez...diversifié.
—Tu m'apprendras?

Il ne répondit pas, il l'embrassa et sortit de la baignoire.

Angel accepta d'habiter avec Will le temps qu'elle se trouve un logement, mais il faisait tout pour qu'elle ne parte pas, il ne voulait plus se passer d'elle. Après plusieurs discussions, elle cessa ses recherches, elle décida de faire un essai. Elle ne pouvait plus non plus se passer de faire l'amour soir après soir, s'endormir dans ses bras où elle se sentait en sécurité.

— Mon ange.

— Oui Rico.

— Tu veux que je t'apprenne autre chose de l'amour maintenant.

— Hum, maintenant oui. Qu'est-ce que c'est?

— Je vais prendre le fouet que tu as acheté, nous allons y aller très doucement mon ange. Il y a quelque chose qui est impératif, tu entends impératif.

— Oui Rico.

Il l'embrassa à nouveau, la sensation extrême montait en lui juste à penser à tous les expériences du plaisir qu'il avait eu avec la sodomisation et la soumission. Depuis si longtemps qu'il n'avait pratiqué la soumission, mais son corps, lui se rappelait, quelle joie elle lui donnait. Mais il devait se contrôler, car lui avait connu des expériences de soumission extrême. Il ne devait pas se laisser apporter et amener Angel là, jamais.

—Chaque fois que nous entrons dans les jeux de la soumission, tu dois me dire d'arrêter si c'est trop pour toi. C'est très important Angel, tu dois le faire, car cela ne veut pas dire que tu ne pourras jamais le faire ou l'accepter, cela veut dire que pour l'instant c'est assez et nous devrons en parler, tu devras me dire ce que tu as aimé et ce que tu n'as pas aimé et pourquoi. Les jeux de l'amour sont là pour se plaire à tous les deux mon ange. Je ne veux faire aucun jeu qui nous fera souffrir.

—Très bien Rico. Tu me diras aussi ce que tu as aimé et ce que tu n'as pas aimé?

—Moi mon ange, j'ai appris à aimé tout de l'amour, des jeux sexuels. C'est toujours plus facile pour le maître et j'ai toujours été le maître, alors c'est toi qui dois mener le jeu.

—Bien Rico, je ferai de mon mieux.

—Non, tu dois toujours le faire pour ton plaisir, c'est ça le jeu. Si un jour tu n'as pas de plaisir, ça devient de la soumission forcée et ça, ce n'est pas du tout ce que je rechercher. Je veux que tu m'aimes et non le contraire.

—Je t'aime Rico.

—Je t'aime aussi mon ange. Si nous jouons avec le fouet, je vais t'attacher au lit, cela augmentera ton excitation, je vais te caresser partout, te faire mouiller mon ange.

—Attache-moi Rico, fais-le.

Il l'embrassa et sortit les cordes pour l'attacher au lit. Il l'attacha doucement en l'embrassant, en la caressant.

—N'oublie pas, tu dois compter chaque coup et ensuite je te ferai jouir mon ange, je te ferai plaisir, je te rendrai le plaisir que tu m'auras donné.

Elle se mordit la lèvre. Elle était maintenant sur le ventre. Il sortit le fouet et caressa ses fesses.

—Tu comptes mon ange. Combien crois-tu que je devrais te donner de coups de fouet pour commencer?

—Je ne sais pas Rico.

—Alors nous commencerons avec dix.

Il la frappa d'un coup. Angel se raidit au pincement aigu que cela lui avait fait. Rico passa sa main sur ses fesses.

—''Quelle sensation de voir ses jolies se raidir comme ça.'' Est-ce que ça va maintenant que tu connais la sensation?

—Oui ça va Rico, tu peux continuer...haaa.

Il la caressait toujours et l'embrassait.

—Dix.

Elle aimait cette sensation partagée entre le pincement et le désir grandissant en elle. Elle aimait chacune de ses caresses après chaque coup. Elle voulait qu'il entre en elle. Elle aurait voulu le saisir et l'approcher d'elle. Elle bougea au rythme des caresses qu'il lui donnait. Il prit son clitoris entre ses doigts et l'apporta encore plus près de la jouissance.

—Oh! Rico, je te veux en moi s'il vous plaît Rico.
—Pas maintenant mon ange, je veux te voir jouir avant, t'admirer.

Quand la jouissant d'Angel était imminente,il lui caressa l'anus et lui ordonna de jouir et l'excitation de toucher son anus était le supplice, elle n'en pouvait plus, elle explosa sous l'emprise de ses doigts.

—Tu aimes mon ange?
—Hooooo oui.

Il la retourna.

—Je veux jouer avec tes jolis seins.

Il les caressa, les embrassa, les suça jusqu'à refaire monter son désir. Après un temps, il détacha ses jambes et l'écarta au maximum pour tout voir d'elle. Elle était à nue avec lui, juste à la placer et à la regarder comme cela était un supplice pour elle. Elle voulait qu'il la touche.

—Touche-moi Rico, touche-moi s'il vous plaît.
—Oui mon ange, je vais te toucher, mais peut-être me supplieras-tu pour arrêter de te toucher dans quelques minutes.
—Non, touche-moi s'il vous plaît.

Il la toucha, la caressa et l'amena à l'exact sexuel jusqu'à ce qu'elle le supplie à nouveau de la prendre et ils jouirent ensemble.

Elle s'aperçut que Rico lui massait les fesses de plus en plus, jour après jour. Elle savait qu'il la préparait par là et que le temps était venu, il pourrait prendre son anus.

—Tu travailles demain?
—Oui en après-midi pourquoi?
—Tu viendras me voir dans mon bureau à 14h00 et enlèves tes sous-vêtements, mais juste

avant d'entrer dans mon bureau. Je suis le seul à pouvoir profiter de ça, alors tu le fais juste à ma demande.

— ''Ah merde! Pas au bureau, hum.'' Bien Rico, je serai là.

Angel alla à l'université en avant-midi puis se rendit à la firme juste après le dîner. Il était 13h30 quand elle arriva et M. Donaldson l'arrêta pour discuter d'un dossier. Il s'éternisait, elle devait faire quelque chose, elle était pour être en retard pour son rendez-vous avec Will et elle était impatiente de le retrouver.

— Croyez-vous que nous pourrions reprendre cette discussion, M. Donaldson?

— Oui certainement, mais laissez-moi vous dire avant de vous laisser aller Mlle Harrisson, M. Cooper vous a attribué une très belle augmentation parce qu'il dit que vous travaillez très bien.

— Ah! Je vous remercie. Je vais justement le rejoindre pour une réunion, c'est probablement la raison de cette réunion. Mais dites-moi M. Donaldson, de quel montant est l'augmentation de salaire?

Il roula les yeux.

—Mille dollars de plus par semaine pendant que vous êtes étudiante avec nous.

Angel se dirigea d'un pas rapide vers le bureau de Will. Elle ne ralentit pas devant le bureau de Marlyn.

—Bonjour Marlyn.

—Bonjour Angel. ''Qu'est-ce qu'il lui a fait encore.''

Elle entra directement dans le bureau de Will.

—Qu'est-ce que tu as fait?

Will leva les yeux sur elle.

—À toi de me le dire, je ne sais pas.

—Tu m'as donné une augmentation de mille dollars de plus par semaine, mille dollars de plus que les autres étudiants Will.

—Oui, où est le problème?

—Will, j'aimerais que tu respectes les règles du jeu. Il y a des montants déjà établis pour les étudiants et...

—Je sais tout ça, M. Donaldson m'en a fait la leçon aujourd'hui.

—Mais alors, pourquoi ne les suis-tu pas?

—Parce que c'est mon entreprise et je fais ce
que je veux parce que c'est le but de travailler
pour soi-même.

—Oui, mais si tu me donnes une augmentation
pareille, qu'est-ce que les autres employés vont
dire de moi? Pourquoi as-tu fait ça? Je ne veux
pas me sentir rejeté ou mis à part par eux.

—Parce que tu ne veux pas que je paie tout
pour toi, c'est ça.

—Je n'en ai pas besoin avec ce que le club m'a
payé, je n'ai besoin de rien Will. Je ne veux pas
me faire entretenir par un homme, je veux être
indépendante de mon bien-être.

—Bon, c'est bien.

Will était fâché, il ne la regardait plus, il
l'ignorait.

—Tu fais la tête là?

Il prit le téléphone et demanda à Marlyn
d'annuler l'augmentation d'Angel ainsi que
s'assurer qu'elle était payée au salaire prescrit pour
étudiants.

—Tu peux retourner au travail, j'ai terminé.

Elle sortit du bureau et claqua la porte.

—"Merde pourquoi il me fait ça. Maintenant M. Donaldson va savoir que la belle Angel couche avec le patron. Je devrais me trouver un autre emploi où je serai plus indépendante. Mais il n'aimera pas…et moi non plus".

Quand elle finit ses heures de travail, elle alla le voir.

—Salut, à quelle heure finis-tu?

—Très tard.

—Non c'est pas vrai, tu ne me fais pas cela Will.

—Appelle Ricardo, il viendra te chercher.

—Non merci.

Elle se retourna et partit. Il frappa sur sa table de travail. Il appela Ricardo pour qu'il l'avise quand Angel rentrerait. Il ne travailla pas de la soirée, il prit quelques verres et pensait à sa relation avec Angel. Elle n'était pas une candidate favorable pour la soumission, elle était trop révoltée. Il avait besoin de cela jusqu'à un certain point, il n'avait pas l'habitude d'une relation normale et il n'avait pas vraiment l'intention de changer son mode de vie. Toutes les autres relations qu'il avait eues, il les choisissait pour leur facilité à se soumettre à lui sans problème, mais Angel, n'y arriverait pas en dehors du lit, en dehors de chez lui.

Ricardo l'appela à 23h00 pour lui dire qu'Angel venait d'entrer.

—Bien, merci Ricardo.

Angel prit une douche et elle tournait les pages d'une revue en attendant Will, mais il était maintenant minuit passé et il n'était pas là.

—"Trente-deux ans et il me boude, incroyable. J'ai peur qu'il reste fâché. Il aurait quand même dû me consulter pour cela quand même".

Elle alla se coucher, mais impossible de dormir. Will entra à 3h10 dans la nuit.

—"Qu'a-t-il fait dehors jusqu'à cette heure tardive?"

Will se coucha, mais il s'assurera de ne pas la toucher. Angel pleura silencieusement. Elle émit un bruit de pleur et il l'entendit. Il se retourna et la pris dans ses bras, c'était plus fort que lui.

—Je m'excuse Rico.
—Ne t'en fais pas, ne t'en fais pas mon ange, c'est ma faute.

Elle s'endormit presque immédiatement dans ses bras.

Quelques jours plus tard, comme elle était entrée de l'université plus tôt, elle alla s'installer dans le salon puis soudain elle entendit Will parler au téléphone.

— Non, tu vois elle n'est pas fait pour la soumission, elle est trop têtue.

— Dis-lui qu'elle doit se soumettre.

— Ce serait de lui faire mal et c'est tout, mais ce n'est pas ce que je veux.

— Alors, que vas-tu faire?

— Je sais plus où j'en suis Dylan avec ça, elle dit qu'elle le veut, mais ce n'est pas vrai, elle ne comprend pas. Je suis perdu avec elle, elle n'est pas comme les autres.

Angel baissa les yeux et la peine était sur son visage, elle comprenait que Will ne voulait plus elle, c'était peut-être le but de vouloir la payer d'une façon ou d'une autre pour qu'elle s'en aille sans faire de tracas.

Elle alla dans la chambre sans brut et fit sa valide. Elle descendit à l'avant de l'édifice et fit signe à un taxi. Elle allait être mieux à l'hôtel seul pour évaluer ou plus tôt accepter ce qu'elle venait d'entendre et décider de sa vie.

——"Alors il vivait constamment avec ça en tête, la soumission. Mais je lui donne le maximum de ce que je peux lui donner. À moins que je n'aie rien compris de tout ça."

Elle appela Ricardo une fois arrivée dans sa chambre.

——Salut Ricardo, ça va bien?

——Ça irait mieux si tu n'étais pas partie Angel. Le patron est un peu irrité là.

——Oui, hé bien dit-lui que je suis entrée plus tôt de l'université et que j'ai entendu sans le vouloir sa conversation avec je ne sais qui au téléphone et que je n'ai pas apprécié. Par contre, j'ai bien compris que je lui donnais du souci. Ce n'est pas le sentiment que je recherche dans un couple. Après l'incident du bureau l'autre jour, il jouait très bien la comédie puisque je croyais le tout oublié, mais ce n'était pas le cas.

——Angel, tu veux lui parler?

——Non, pas pour l'instant. Il serait préférable que je prends une bonne nuit de sommeil avant de lui parler. Merci Ricardo.

Elle coupa la communication avant que Ricardo n'est pu r'ajouter un mot.

—Rico, elle m'a appelé.

—Toi, pourquoi pas moi, hé bien peut-être qu'elle aimerait mieux être avec toi....

—Arrête ça Rico, je n'ai pas à écouter tes imbécilités. Ne me fait pas ça.

—Désolé, elle me rend fou.

—Je crois que c'est ta faute Rico.

Rico ouvrit grand les yeux.

—Pourquoi ce serait ma faute dis-moi?

—Parce qu'elle est entrée plus vite de l'université et elle t'a entendu parler au téléphone, elle a entendu ce que tu disais.

—Ah merde! Je parlais de son problème à se soumettre avec Dylan.

—Outch! Elle dit qu'elle va dormir une bonne nuit avant de te parler. Elle a aussi dit qu'après l'incident au bureau, ça, c'était de trop, qu'elle avait compris qu'elle te donnait du souci et que ce n'était pas comme cela qu'elle imaginait son couple.

—Bien, merci Ricardo.

Il essaya de l'appeler, mais elle ne répondait pas. Puis soudain, elle l'appela.

—Bonsoir Rico.

—Bonsoir mon ange, je suis désolé.

—J'imaginais que ce serait la première chose que tu me dirais.

—Oui, c'est pathétique hein.

—Un peu. Mais écoute à propos de qu'est-ce qui c'est passé au bureau, peux-tu m'expliquer pourquoi tu as fait ça?

—Parce que si...si tu veux te glisser dans la classe des riches, tu dois faire comme eux et ça coûtent cher. Tu ne veux pas que je paye pour toi, alors c'était ma façon de faire.

—Ah! Tu as oublié que j'ai eu dix mille dollars, ce n'est pas rien ça pour moi. Je sais que c'est très loin de tes millions.

Il y eut un silence.

—Je n'ai jamais voulu faire partie de cette classe, les événements de la vie m'y ont amené. J'aurais peut-être dû refuser suffit qu'on ne me donnait pas le mode d'emploi avant.

—Non, ce n'est pas ce que je voulais dire.

—Oui, c'est ce que tu veux dire. L'autre chose, pourquoi m'as-tu boudé au lieu de me parler?

—Je ne sais pas. Lasse-moi te rejoindre mon ange.

—C'est préférable que nous parlions par téléphone peut-être.

—Peut-être, mais je préfèrerais t'avoir dans mes bras.

Angel avait les larmes qui coulaient.

—Je t'aime Rico, mais je ne sais plus, je ne veux pas sentir que je suis dans ton environnement parce que tu crois me le devoir ou je ne sais quoi. En écoutant ta conversation que je n'étais pas ce que tu voulais, que tu ne m'aimais pas pour moi-même. Tu veux faire de moi ce que je ne suis pas.

—Non, mon ange je t'aime. Puis-je aller te rejoindre et nous en parlerons ensemble et si cela ne va pas, je partirai.

—Oui, si tu veux, nous avons à parler de soumission. Je suis...

—Je sais mon ange où tu es. J'arrive.

—"Il sait, mais comment il sait?"

Il arriva avec un gros bouquet de roses blanches.

—Rico, elles sont magnifiques.

Il la prit dans ses bras et l'embrassa.

—Je ne veux pas te perdre mon ange.

—Que dirais-tu Rico si nous prenions un bain, tu pourrais t'installer derrière moi et ce sera moins difficile pour moi de discuter. Je ne suis pas capable de te regarder quand j'ai quelque chose de douloureux à te dire.

Il la regarda surpris.

—Désolé, c'est pourquoi j'avais préféré le téléphone.

—Ah! Je comprends, mais moi le bain, ce n'est peut-être pas l'effet que ça me fera. Mais je vais essayer.

—Bien, alors viens, le bain est coulé.

Il s'installa derrière elle, jouait avec ses cheveux, caressa son cou et ses épaules du bout des doigts pendant leur discussion.

—Alors Rico, quel est le problème entre nous?

—Je n'aime pas vraiment utiliser ce terme. Je préfère dire, qu'avons-nous à régler. Je ne sais pas par où commencer mon ange. J'ai été élevé parmi les riches. Je voudrais que tu voies mon point de vue. Par exemple, je suis habitué à voir une femme se rendre ridicule quand on lui offre des vêtements, de l'argent où même quand tu as vu mon bateau la première fois, ça ne t'a pas impressionné ou tu cachais bien ton jeu.

—J'étais très impressionnée. Je t'ai dit qu'il était magnifique ou quelque chose comme ça. Tu aurais voulu que quoi?

—Je ne sais pas, oublions le bateau. Mais les femmes et le magasinage ou de l'argent de poche...

—Tu appelles ça de l'argent de poche, mille dollars de plus par semaine!

—Hé oui! C'est ça entretenir ta maîtresse.

—Moi Rico, si tu utilises cette phrase-là, tu ne me reverras jamais. Pour moi la définition d'être la maîtresse d'un homme, cela veut dire qu'il est marié et il a une maîtresse. Ou comme un homme qui ne veut aucun attachement, alors il utilise le terme de maîtresse.

—Bon, comment pourrais-je te qualifier dans ce cas?

Elle ne répondit pas et il la sentit raidir.

—Mon ange, quel nom pourrais-je utiliser, dis-moi?

—Mon amie, ma copine, ma conjointe...je n'en connais pas d'autres.

Il mit ses bras plus serrés autour d'elle et fit un choix.

—Alors ce sera ma conjointe, puisque nous sommes des conjoints si nous habitons ensemble.

Elle se laissa aller sur lui et cela le fit sourire.

—Pourquoi souris-tu?

—Tu es si prévisible chérie, j'ai compris que j'avais commis une erreur parce que ton corps c'était raidi et là tu viens de te détendre, alors je sais que cela est acceptable pour toi.

Elle sourit à son tour.

—C'est vrai que je suis comme ça. Will, pour la conversation que j'ai entendue. Tu disais que je ne pouvais pas me soumettre, mais je croyais que je me soumettais au lit. Explique-moi.

—Ce n'est pas ça, tu vois comme je te disais… les autres femmes, elles étaient tellement excitées qu'elles acceptassent n'importe quoi. Dans la vraie soumission, il y un maître et un ou une soumise. La vraie soumission n'est pas juste au lit, mais dans la vie de tous les jours et elle comprend l'entretien complet en échange de la soumission complète.

Elle se retourna et l'invita en l'embrassant.

—J'ai un peu peur que le reste de la discussion soit plus intense.

—Je crois que nous n'avons pas été jusqu'au bout de la première partie.

—Que veux-tu dire?

—Qu'allons-nous faire avec la question argent?

—Mais moi je ne vois pas pourquoi j'aurais besoin plus d'argent. J'en ai encore plein, la seule chose que j'ai payée est un peu de magasinage et mes études, car Dylan n'a jamais voulu que je paie pour Kelly. J'ai plein d'argent Rico.

Il ferma les yeux et sourit, il devait penser à ses prochains mots avant de les dire.

—Très bien, je vais prendre un exemple qui sera probablement plus difficile pour toi à entendre. Si nous sortons un soir et que tu portes ta robe verte, celle que j'aime le plus. Si le mois prochain nous avons une autre sortie publique et le photographe te prend en photo et qu'il s'aperçoit que tu as la même robe, nous ferons la première page de tous les journaux le lendemain.

—Pourquoi, parce que je vais avoir la même robe à deux sorties, et ce à un mois d'intervalle?

—Oui, mais pire que ça mon ange? Les dames de la haute société ne portent jamais la même robe deux fois.

—Deux fois...?

Il fit la grimace avant de continuer.

—Rico, toi aussi tu es très prévisible, tu sais.

—Ah oui!

—Je te vois faire la grimace dans le robinet.

—Ah toi!

Il la serra fort dans ses bras. Je t'aime mon ange, tu es unique.

—Je l'espère bien. Alors, deux fois quoi?

—Deux fois dans leur vie Angel.

—Quoi, elles ne portent jamais la même tenue deux fois!

—Oui, c'est ça.

—C'est ridicule.

—C'est juste pour les sorties mondaines. Pour ce qui est de la vie courante, elles ont, disons plusieurs tenues, mais elles les portent plus d'une fois.

—Non, mais c'est incroyable.

—Oui, mais tu vois mon ange, ce n'est pas nous qui allons changer cela et ça ne m'intéresse pas non plus. J'aimerais pouvoir au moins t'acheter beaucoup de vêtements. Tu me laisserais?

—C'est très dur à entendre ça quand tu es pauvre et...et...et que tu as le malheur de rencontrer un riche qui te dit des choses pareilles.

—Le malheur!

—Le malheur que tu sois riche, mais le bonheur de t'avoir rencontré.

178

—Ah! Alors, est-ce que cela veut dire que tu n'acceptes pas? Tu sais Angel, je ne peux pas être pauvre parce que je t'aime. J'aime aussi la vie que je vis.

—Oui, je comprends. Je sais aussi qu'il est préférable d'être riche que pauvre. Je vais accepter que tu paies mes vêtements et que tu en disposes comme tu veux.

—Merci mon ange, mais ce n'est quand même pas moi qui vais en disposer, c'est Ricardo.

—Oui, je sais ça.

—Puis-je payer aussi pour le coiffeur, les massages, les manucures et ces choses qui vont avec la beauté des femmes?

—Rico, là je vais me sentir devenir une maîtresse, je ne veux pas me faire entretenir par un homme.

—Très bien, allons-y d'une autre façon. Tu aimes le fait que mon entreprise va subventionner des étudiants maintenant.

—Oui beaucoup.

—Alors si tu laisses tout ton habillement et les soins comme je te mentionnais entre mes mains et je vais payer pour un étudiant de plus.

—Hum, là tu m'intéresses.

—Alors ça va?

—Oui, on peut dire que tu as gagné cette partie.

Il partit à rire. Elle le surprenait toujours.

—N'oublie pas qu'un conjoint a toujours le droit de faire des cadeaux aussi parce que les soirées mondaines sans bijoux, ça ne se fait pas.

Elle leva les yeux au ciel en soupirant.

—Très bien, va pour les bijoux aussi.

—Bien, je savais que nous pourrions nous entendre.

—Tu aurais pu discuter de ça avant que je sorte de la maison.

—Oui, c'est vrai. Mais je ne voyais pas de problème.

Elle se retourna pour le regarder dans les yeux.

—Rico, pourtant au téléphone.

—Désolé que tu ais entendu ça. Je parlais de soumission.

—Je sais très bien que cela était le sujet de conversation et que le sujet principal c'était moi. Mais à qui parlais-tu?

—Hum, à Dylan.

—À Dylan! Merde, il sait.

—Il fait la même chose avec Kelly, elle aime beaucoup et elle est très obéissante.

Elle se raidit à nouveau, mais cette fois il la retenait serré dans ses bras.

—Laisse-moi respirer. Dis-moi qu'est-ce que très obéissante englobe pour toi?

—Obéir sans questionner...à tout.

—Alors oui, j'ai un problème Rico.

—Je sais, tu n'es pas fait pour cela. Tu es trop indépendante pour ça. Tu ne pourras jamais.

—Non Rico, tu te trompes, je ne voudrai jamais. C'est très différent.

—Pourquoi?

—Parce que je suis une personne entière, avec une tête pour penser et un corps pour agir comme je l'entends. Je crois que les jeux de soumissions devraient être pratiqués à la maison. La femme devrait en tout temps avoir son opinion. Toi, peux-tu considérer cela?

—Peut-être. Je devrai m'y habituer. Si je déroge...

—Tu ne dois pas bouder.

Il se cacha le visage dans les cheveux d'Angel en répondant.

—Oui. Je n'aime pas le terme boudé non plus. Je préfèrerais mécontent.

Elle sourit.

—Bien, nous allons avec mécontent.

—Tu sais, j'ai appris très jeune les jeux de la soumission. Je n'avais pas à supplier les filles, ce sont elles qui venaient me supplier. J'ai compris très vite que je pouvais avoir la fille que je voulais et comme je les voulais. Alors j'ai joué avec elles jusqu'à ce que je rencontre une personne qui m'a enseigné les jeux de la soumission. Alors j'ai joué et joué avec eux. Le jeu augmentait toujours, jusqu'à ce que j'atteigne l'extrême.

—Jusqu'à l'extrême, c'est quoi l'extrême?

—Je ne peux pas te dire maintenant mon ange, tu dois commencer par le début et apprendre, mais je ne veux pas retourner à l'extrême.

—Je veux apprendre, mais je crois qu'avant de prendre une initiative dans un sens, tu dois m'en parler parce que moi je ne sais pas si c'est de la soumission ou juste dominer par habitude ou par caprice. Tu m'as dit, si tu n'aimes pas, parle-moi, mais toi au lieu de me parler, tu es allé parler à Dylan. Ce n'était pas très respectueux.

—Mon ange, sais-tu la différence avec toi?

—"J'ai une différence avec les autres?" Non, dis-moi.

—Toi, tu m'as séduit, tu pousses mes limites constamment. Tu ne m'écoutes pas, c'est pour ça que je dois utiliser le fouet pour te punir de ton insolence envers le respect de mes limites. Est-ce que tu comprends le sens de ces paroles?

—N...pas sure.

—Je viens de t'inviter à entrer dans le jeu. Tu entres ou tu n'entres pas. En t'invitant à venir dans mon bureau, je t'ai dit de ne pas mettre tes sous-vêtements. Pourtant tu avais probablement enlevé ta culotte avant de venir dans mon bureau, mais tu n'avais pas enlevé ton soutien-gorge, car je l'ai vu. Aussi, tu es entré dans mon bureau en me vexant. Ma demande faisait partie de la soumission. Ce n'est pas si malin.

—On reprend Rico. Tu m'as invité, mais j'avais des limites, que j'aurai probablement toujours, à m'abaisser devant les gens, surtout avec mes collègues de travail. Je ne veux en aucun cas qu'on pense que je suis avec toi pour ton argent ou un poste dans ton cabinet. Connais-tu beaucoup de femmes qui auraient fait cela? Je ne suis pas avec toi pour que tu m'exposes comme une poupée de chiffon.

—Oui, y'en a beaucoup femmes qui l'auraient fait.

—Mais tu disais aimer le fait que j'étais différente. Tu vois, ceux dont tu parles ne se respectent pas et moi je me respecte et j'aime à être respecté. Ça va dans une soirée mondaine où la robe demande à ce qu'il n'y soit aucun sous-vêtement, mais pas dans ton bureau. Tu m'as dit de te le dire quand j'avais une limite.

—Je ne peux pas imaginer te perdre mon ange. Que dirais-tu qu'on essaie de nouveau tout doucement? Si tu n'aimes pas, ne cri pas s'il vous plaît, parle-moi.

Elle se retourna et l'embrassa et il la serra fort dans ses bras jusqu'à ce que leur baiser devint enflammé et ils firent l'amour en guise de réconciliation.

Le lendemain, ils revinrent ensemble à la maison et leur vie recommençait comme avant avec quelques petits changements que tous deux apprécièrent.

—Mon ange, Dylan m'a téléphoné et il aimerait que nous sortions avec eux ce soir, tu veux bien?

—Oui, où allons-nous?

—Un restaurant, il y aura aussi de la musique, mais si vous préférez les filles, nous sommes prêts à faire le sacrifice de vous amener après en boîte pour danser.

—Tu m'as dit que tu ne dansais pas.

—Pour certaines boîtes tu vois, y'a tellement de monde que tu ne danses pas tu es très collé et tu bouges. Assez simple.

—Ah! Ah! Ah! D'accord.

Il l'a pris dans ses bras.

—Puis-je te suggérer une tenue?

—Oui, juste à la mettre sur le lit et je la prendrai de là.

—Puis-je aussi suggérer que tu ne mets pas de sous-vêtements? J'aime profiter de toi quand nous sortons ensemble.

—Oui, je peux essayer pour cette fois.

Arrivée au restaurant Dylan attendit que les filles partent pour se rafraichirent. Il savait bien qu'elles se décideraient et qu'elles iraient à deux. Alors, il parla à Will.

—Hé! regarde Will.

Il ouvrait une boîte où un diamant scintillait.

—Wow! Tu...tu lui proposes le mariage?

—Oui, je ne veux pas la perdre, je suis plutôt perdu depuis que je suis avec elle. J'aurais peur de la perdre. Je ne me suis jamais senti aussi bien avec une femme et elle est totalement soumise.

—C'est un peu mon cas aussi, à l'exception de la soumission, mais toi et Kelly vous vous connaissez depuis plus longtemps avec le club.

—Oui c'est vrai. Ça fait neuf mois et ce qui c'est passé au club est du passé, elle est à moi maintenant.

—Dylan, je dois te dire. Je n'ai couché qu'une fois avec Kelly et c'était avant de savoir qu'elle comptait tant pour toi.

—Peu importe Will, elle aime être soumise et moi j'aimais bien la soumission et le partage. Alors nous en avons parlé et elle ne voit aucun inconvénient à cela.

—Je suis content pour vous deux.

Dylan lui sourit.

—Si tu veux Dylan, la nuit est belle, je pourrais demander à Ricardo de préparer quelque chose de romantique sur le bateau. Nous pourrions finir la soirée là et nous y passerions tous la nuit.

—Oh! oui, ce serait parfait. Ricardo a toujours de bonnes idées. Tu sais que tu as de la chance avec lui.

—Oui, beaucoup.

Il appela Ricardo et lui laissa le soin de préparer le bateau.

—Mon ange, nous irons finir la soirée sur le bateau, il fait tellement doux dehors. Ça va avec toi?

—Oui parfaitement.

—Dylan et Kelly, vous venez avec nous sur le bateau au lieu que nous allions en boîte?

—Oui ce serait bien amusant.

Will et Angel arrivèrent les premiers sur le bateau.

—Bonsoir Ricardo, tout est prêt?

—Oui Will, passez à la piscine. Après avoir apporté Dylan et Kelly à leur arrivée, il n'y aura que moi sur le bateau. Je resterai dans ma chambre à moins que tu préfères autrement.

—Non c'est bien Ricardo. Merci

Dylan et Kelly arrivèrent et Ricardo disparut. Il avait préparé le bateau comme prévu. Les lumières principales du bateau étaient éteintes et la piscine était éclairée de rouge. Il avait sorti une bouteille de champagne et quatre flûtes, il avait aussi laissé aller quelques pétales de roses rouges dans la piscine.

—Whouaw! Quelle merveille!

—Venez par ici.

Le téléphone portable de Will sonna.

—Oui Ricardo.

—Je voulais te dire en privé que tu as le même effet dans ton jacuzzi si cela t'intéresse.

—Merci, j'apprécie.

—Bon, je crois que je vais mettre de la musique et nous pourrions danser comme nous vous l'avons promis les filles.

—Hum, bonne idée Rico.

—Ce n'est pas de la musique de boîte mon ange, désolé.

—Je n'aime pas les bars Rico.

—Et c'est là que tu me le dis ça hein.

—J'aurais suivi, je ne suis pas une lâcheuse.

—Tu veux venir choisir la musique avec moi.

Elle le suivit derrière le bar et il lui indiquait que la musique était sélectionnée par ordinateur. Comme cela, il pouvait accéder à ce qu'il voulait entendre sans se taper une liste infernale.

—C'est merveilleux.

Il l'invita à danser près de la piscine. Tout à coup elle entendit Kelly crier. Will la retint.

—Dylan vient de lui proposer le mariage.

—Ah! C'est merveilleux, je comprends quel a criée, mais quand même.

Elle se retourna pour leur souhaiter ses vœux.

— Félicitation les amoureux.

Dylan et Kelly les regardaient danser et leur envoyaient un gros sourire tous les deux.

Will alla ouvrir le champagne qu'ils dégustèrent tout en bavardant. Quand la bouteille fût vide, Will sorti une autre bouteille la déposa sur la table près de Dylan, il lui fît un clin d'oeil.

—Nous vous laissons la piscine pour ce soir, nous nous reverrons demain au petit déjeuner. Vient mon ange, nous allons dans le jacuzzi.
—Ah! Regarde Rico, Ricardo nous a aussi très gâtés ici.
—Oui, ce Ricardo, il pense à tout.

Rico avait décidé de lui montrer comment faire plaisir à un homme avec sa bouche.

—Le plus....sensible aux caresses de la femme pour un homme est le gland et l'autre extrémité du pénis, ainsi que sous les testicules. Si tu veux me faire plaisir et me rendre fou, tu peux te concentrer sur ces parties et jouer avec ta langue sur mon gland et sucer, assez fort quand la tension augmente. Tu me rendras fou à coup sûr.
—Hum, tu veux qu'on pratique alors?

—Un homme ne peut dire non à une telle demande.

—Elle descendit lentement sur son corps en l'embrassant et vint caresser son érection avec ses mains, ensuite elle mit en application ce que Rico venait de lui dire. Elle savait que ce que Rico lui disait était toujours la meilleure façon.

Elle commença doucement puis sentit le changement dans la respiration de Will.

—Joue avec ta langue mon ange.

Il prit sa tête entre ses mains pour se retirer.

—Continue avec juste tes mains, je vais…

Elle le reprit sauvagement dans sa bouche et Will ne put que s'incliner et laisser aller. Elle trouvait une grande satisfaction à le goûter et à l'entendre jouir et être celle qui contrôlait ce désir en lui.

Il la prit sous les bras et la remonta jusqu'à lui.

—Tu es merveilleuse, c'était très réussi mon ange.

—Tu as aimé?

—Hum, tu es déjà une pro ma chérie.

Le mois passa, Angel vivait une sexualité très ouverte avec Will. Elle était l'élève de Will dans ses jeux de l'amour. Il était si bon professeur dans le domaine, il la préparait toujours avec soins aux prochaines étapes. Il lui avait montrer bien sûr l'amour vanille, lui plaire avec sa bouche, la sodomisation qu'elle appréciait maintenant et la soumission à un niveau qui restait seulement entre eux. Il était le parfait amant au lit, elle ne pouvait espérer mieux elle en était certaine.

Depuis quelque temps, Angel sentait quelque chose qu'elle ne pouvait s'expliquer totalement. Rico oubliait ou laissait souvent la porte de la chambre un peu ouverte ou quand ils faisaient l'amour dans la piscine sur le toit, Ricardo passait comme si de rien était. Angel sentit que cela n'était pas rien, que Rico l'avait prévu.

— Tu viens dans la piscine avec moi?

— Oui, je te rejoins.

En arrivant à la piscine, celle-ci était teintée par les lumières du fond d'un vert clair. Angel s'aperçut d'une nouveauté à la piscine. Il y avait maintenant des anneaux accrochés aux roches qui constituaient les murs de la piscine.

— C'est nouveau ça Rico?

—Oui, tu as vraiment l'oeil toi. Tu me laisserais t'attacher à ces anneaux, j'aimerais bien jouer avec toi dans l'eau. Je me demandais aussi si tu étais prête à connaitre un autre aspect du sexe.

—Lequel, dis-moi?

Il l'embrassait en lui parlant.

—On va boire un verre tranquillement dans la piscine et parler de ça avant. Je veux que tu comprennes bien ce jeu. Crois-tu être prête à passer à une autre étape de la soumission?

—Laquelle Rico?

Il l'embrassait toujours et la caressait. Il comprenait qu'elle n'accepterait pas sans savoir.

—J'aimerais t'attacher à ces anneaux, mais j'aimerais aussi que quelqu'un te voie.

—C'est pour cela que depuis un certain temps tu fais en sorte de laisser la porte de notre chambre ouverte et qu'il vient à la piscine quand nous y sommes?

—Oui, mais là j'aimerais plus. Beaucoup plus.

Il lui donna son verre et but le sien d'un trait. Elle sentait qu'il était surexcité, cela l'excitait aussi dans un sens, mais elle avait peur aussi.

—Oui je crois être prête. Tu peux m'expliquer plus en détail.

—Oui, j'aimerais à l'instant, même si nous sommes complètement nus dans la piscine, appeler Ricardo et lui demander de remplir nos verres. Tu serais d'accord avec ça? Ceci procure une certaine forme d'excitation pour l'homme de voir qu'un autre homme voit sa femme et cela excite aussi la femme d'être vu et admirer.

Maintenant Rico l'embrassait et la caressait entre les cuisses. Elle se collait de plus en plus à lui.

—''Bfff! Qu'est-ce que je fais là, je sais que je le veux pourtant.'' Oui, je crois que oui.

—Alors je l'appelle?

—Oui, appelle-le pour remplir nos verres.

Il appela Ricardo.

—Bonsoir vous deux, vous vous amusez dans l'eau ce soir.

—Bonsoir Ricardo, peux-tu emplir nos verres et ne reste pas loin, car nous pourrions avoir besoin de toi.

Ricardo emplit les verres tout en ne se gênant pas de regarder Angel. Il savait très bien ce qu'il avait à faire. Il lui sourit. Rico la prit dans ses bras et l'embrassa tendrement.

—Maintenant, regarde comment tu m'as excité.

Il la prit par les fesses et elle mit ses jambes autour de ses hanches.

—Je te veux mon ange, tout de suite.

Il entra en elle doucement, il la regardait dans les yeux. Angel déglutit péniblement. Elle était partagée par la gêne, le plaisir, la honte…elle ne savait plus, mais le plaisir l'emporta sur elle. Rico savait comment l'amener très vite à l'excitation maximale.

—"Vais-je être capable...de...Ah!" Oui Rico.

Il la fit jouir avec lui devant Ricardo.

—Boit ton verre mon ange et ensuite nous passerons à l'autre étape.
—Je croyais ne je venais de franchir une autre étape.
—Oui, mais tu peux voir comment tu as excité Ricardo, je suis sure qu'il voudrait te voir attaché à ces anneaux, tu veux bien qu'il regarde encore.

—Ah! je...je...tu crois que...

—Oui chérie, tu verras mon ange, tu aimeras, je peux te montrer comment tu peux atteindre une autre extase de la jouissance.

—O.K. Attache-moi et aime-moi fort.

Il l'attacha doucement tout en la caressant.

—Ricardo, pourquoi ne prendrais-tu pas un verre avec nous et si tu veux tu peux t'asseoir sur le rebord de la piscine…et regarder.

—Si Angel le veut bien, j'aimerais beaucoup.

—Tu veux mon ange?

—Oui Rico, vient Ricardo.

Il lui avait attaché les mains aux anneaux qui étaient écartés. Il la caressa et l'écarta doucement. Il chuchota dans son oreille en la soutenant au-dessus de l'eau.

—Je vais te faire jouir devant Ricardo, tu vas aimer mon ange. Laisse-toi aller et tu verras.

Il la pénétra et alla au fond d'elle.

—J'aime aller au fond de toi mon ange. Je te faire vivre la sensation maximale. Si tu m'écoutes mon ange, tu ne le regretteras pas. Les sensations que tu me donnes, je te les rendrai en double. Je te le promets.

—Je vais essayer Rico, Ah!...je...oui.

—Mon petit ange.

Ils jouirent ensemble à nouveau. Il détacha ses mains et la prit par la taille, il la garda dans ses bras comme cela, avec ses jambes autour de lui. Il l'embrassait et continuait à caresser ses fesses et son anus. Il alla l'asseoir sur une roche plate qui se trouvait dans l'eau.

—Tu veux continuer et aller plus loin encore?

—Explique-moi Rico.

—Tu as mis Ricardo dans une situation, disons...regarde comment tu l'as enflammé. Regarde-le mon ange. Je veux te voir le regarder.

—Elle regarda l'érection de Ricardo et sentit une onde de chaleur passer dans son ventre.

—Tu veux bien le soulager mon ange?

—Comment dis-moi?

—Tu pourrais nous soulager tous les deux si nous étions plus près, tu pourrais lui montrer ce que je t'ai appris avec ta touche ma chérie. Tu veux faire cela pour moi?

Il la déposa doucement dans l'eau tout en la regardant dans les yeux.

—Tu peux aussi me dire que tu ne veux pas mon ange, nous arrêterons tout.

—Non, je crois que je veux bien, mais après...je...je risque de me sentir un peu mal à l'aise avec lui.

—Ricardo redevient ce qu'il était à la minute où je lui dis, ce n'est pas de l'amour comme il y a entre nous deux Angel, ce n'est que du sexe et de la jouissance, ce faire plaisir, jouer un jeu. Tu comprends.

—Oui, je suis même plus rassuré. Je veux bien explorer plus loin avec vous deux.

—Toujours avec moi mon ange, jamais sans moi. Tu es à moi mon ange, à moi seul.

Il l'embrassa tout en à la dirigeant vers Ricardo. Elle sentit Ricardo dans son dos, il lui caressait les épaules et descendaient doucement ses doigts le long de son dos. Angel avait de nouvelles sensations qu'elle ne connaissait pas, mais qu'elle acceptait. Elle embrassa sauvagement Rico et décida de se laisser aller.

—Vas-y mon ange, prends-moi et tu le prendras aussi.

Il alla s'asseoir à côté de Ricardo et la dirigea vers son érection. Elle le dégustait doucement.

—"Que cela est excitant de voir qu'ils ont une cuisse collée l'un à l'autre, je ne croyais jamais voir cela en vrai et que ça m'exciterait en plus."

Ricardo l'invita à prendre son érection dans sa main et quelques minutes plus tard, Rico dirigea sa bouche sur l'érection de Ricardo tout en garda une de ses mains sur son érection à lui. Elle se promenait d'un à l'autre jusqu'à ce que Rico aille la pénétrer tandis qu'elle s'occupait de l'érection de Ricardo.

—Soulage-le mon ange, moi je vais te soulager toi.

Les deux hommes la caressaient maintenant. Rico la prit dans ses bras de nouveau, il lui remit les jambes autour de lui et lui chuchota à l'oreille.

—Tu veux plus mon ange, veux-tu plus de jouissance.
—Oui Rico, fais-moi jouir encore et encore ''C'est tellement enivrant.''

Il avança vers Ricardo et colla le dos d'Angel à lui. Ricardo lui caressa les seins et Rico l'embrassait tout en caressant ses fesses, il la pénétrait à nouveau.

—Tu veux que Ricardo te donne de la jouissance avec moi mon ange.

Elle déglutit, elle était droguée par la passion, les caresses idylliques que ces deux hommes lui procuraient.

—Oui je veux jouir avec vous deux.

Elle sentit que Ricardo lui appliquait de la crème sur l'anus et comprit le sens de la jouissance qui l'attendait. Rico la poussa encore plus sur Ricardo. Elle lui chuchota doucement.

—Les deux à la fois!
—Oui mon ange, les deux pour ton plaisir, pour te faire jouir. Laisse aller ton corps sur Ricardo et laisse-toi aller, nous allons te faire jouir mon ange.

Elle sentit qu'il plaçait lui-même l'érection de Ricardo à l'entrée de son anus, elle frémissait déjà. Rico remplaça son érection par ses doigts le temps que Ricardo soit entré et qu'elle se sente confortable. Ensuite il entra à nouveau en elle tout doucement. Leurs caresses étaient intenses.

—Tu es si belle mon ange, j'aime te voir jouir. Oui tu es parfaite mon ange, laisse-toi glisser sur Ricardo.

Ils avaient leurs mains partout sur elle.

—Tu es prête mon ange, nous allons te faire jouir comme jamais.

La douleur avait disparu. Rico caressait son clitoris de sa main et elle sentait que son autre main qu'il caressait son cul et l'érection de Ricardo en même temps, cela l'excitait au plus haut point. Ils augmentèrent le rythme et ils jouirent tous les trois quand ils sentirent qu'Angel frémissait sous leurs caresses. Elle était ivre de cette jouissance qu'elle venait d'avoir. Rico la reprit à nouveau dans ses bras et Ricardo disparut comme il faisait si bien.

—Tu as aimé ma mon ange.

Il l'embrassait et lui caressait le dos.

—Oui, c'était enivrant Rico.

Il lui sourit. Il la garda dans ses bras pour la sortir de la piscine, il prit un drap de bain pour l'enveloppé et la porta jusqu'à leur lit. Elle s'endormit dans ses bras.

Quand elle s'éveilla, Rico n'était pas là. Elle sentait le café.

—Hum, du café oui.

Tout à coup elle vit que Rico lui avait mis un bracelet en diamant avec des anges aussi au poignet.

—Il est merveilleux.
—Ah! j'ai entendu, tu l'aimes.
—Oui, pourquoi ça?
—Parce que je t'aime, c'est tout.

Il l'embrassa tendrement.

—Tu es mon ange, regardes, ce sont de petits anges sur le bracelet.
—Oui, j'ai vu. Rico, il est si beau.

Les jours passèrent et Ricardo n'avait pas refait partie de leurs relations sexuelles. Elle n'arrivait pas tout à fait à comprendre ce monde dans lequel elle était entrée. Elle savait qu'elle vouait un amour incroyable à Rico, mais il l'amenait de plus en plus dans ce monde de soumission et de partage.

—"Quelques fois je me demande s'il ne m'a pas sortie d'un enfer pour me faire entrer dans un autre enfer, tout simplement différent. M'aime-t-il vraiment ou tout ça est un je de sexe. Pourquoi ce besoin de me partager? Je ne comprends plus."

—Salut Kelly, ça va?

—Oui et toi Angel?

—Oui, Will et moi partons en vacances pour trois semaines sur le bateau.

—Je sais, il ne t'a pas dit?

—Dire quoi?

—Tu n'es vraiment pas au courant alors. Angel, je crois que nous devrons parler.

Le serveur s'approcha d'elles.

—Tu veux du vin?

Le serveur lui fit un sourire et ses yeux en disaient long. Angel vit qu'il était en érection en plus.

—"C'était donc ça les hommes, sexe, sexe, sexe. Ils ne voient pas autre chose que le sexe?"

Elle lui rendit son sourire avec une touche plus sensuelle.

—Non, du champagne chérie. "Je crois que je l'ai fait jouir d'un coup de la manière qu'il vient de se tortiller. Ah! Ah!"

Angel riait maintenant. Kelly la regarda dans les yeux pour la questionner du regard, puis Angel lui fit signe des yeux de regarder l'érection du serveur prit la parole.

— Ton meilleur champagne alors mon chéri.

Elles laissèrent le serveur s'éloigner et partirent d'un rire fou.

— T'as vu ça?

— Qu'est-ce que Rico t'a fait toi? Il t'a transformé Angel.

— Oui. Kelly, tu savais que Ricardo était le conjoint d'un homme toi?

— Oui, Shean qui travaille pour nous est son conjoint. Il est adorable.

— Ricardo aussi, il obéit à Rico indiscutablement. Il fait exactement tout ce qu'il lui demande.

— Angel, il est soumis à Rico.

Cette remarque frappa Angel droit au coeur. Elle ne l'avait pas imaginé de cette façon.

— "Merde, mais oui"

— Ça va?

— Oui, mais je dois t'avouer que je ne le prenais pas dans ce sens.

—Si tu remarques bien, Ricardo a un bracelet sur son bras. Mais si Rico t'aime, où est le problème Angel.

—"J'ai bien envie de me venger pour cela. Il aurait dû m'en parler. Je suis enragé, l'imbécile." Alors, qu'est-ce que j'aurais dû savoir au sujet de notre voyage en bateau?

—Hum, bien…nous partons avec vous.

—''Merde! Je n'ai pas été clair quand je lui ai parlé. Il ne vit pas une vie de couple avec moi, je commence à douter qu'il ne s'y fasse jamais. Tant pis, je me venge.''

Le serveur revint avec le champagne et leur versa deux coupes.

—Tu vois, maintenant comment il est?

Kelly ouvrit grand les yeux pour regarder Angel.

—Oui, je vois Angel.

—Vous avez besoin autre chose mes dames?

Angel le regarda dans les yeux.

—Oui, apporte-nous des amuses gueules.

Il s'éloigna et Kelly fusillait Angel.

—Tu vas le faire jouir ou souffrir et moi tu me fais tremper. Arrête ça Angel.

—Alors, dis-moi jusqu'à quel point tu es soumise toi? Sinon je vais le faire souffrir pour toi chérie, dis-moi?

—Angel.

—Dis-moi Kelly. Tu sembles savoir beaucoup de choses sur ma vie privée…et sexuelle.

—Je fais tout ce qu'il me demande...tout.

Elle baissa les yeux.

—Vous vous amusez aussi avec Shean?

—Oui, quelques fois.

—Comment sais-tu ce que nous faisons Kelly? Depuis quand sais-tu que vous partez avec nous?

—Quelques semaines et Shean sera aussi du voyage.

—Alors ce sera un voyage de sexe, c'est ce que tu essaies de me dire?

—Oui.

—Je le sentais qu'il y avait quelque chose de relié à ce voyage. Je comprends tout ce jeu de soumission maintenant. Il aurait dû me le dire et je n'aurais pas dû l'apprendre par toi. Il ne me respecte pas en ce sens et vous connaissez tout de notre sexualité.

—Nous sommes pareils Angel.

—Oui, mais moi personne ne me dit ce que toi et Dylan vous faites, comment as-tu appris tout ça.

—Dylan m'en parle.

—Il dit encore tout à Dylan hein. Alors je vais le faire payer ça.

—Que veux-tu dire Angel?

—Je vais jouer un jeu moi aussi. Je vais soulager ce pauvre serveur.

—Ne fait pas ça Angel, tu es soumise tu te rappelles. Tu ne peux jouir sans lui maintenant.

—Tu crois vraiment ça, tu te trompes sur mon compte.

Le serveur revenait vers elles. Elles étaient assises sur une banquette à l'écart et Angel en profita au maximum. Angel fit son plus beau sourire sensuel au serveur.

—Tu pourrais nous servir s'il vous plaît.

Angel prit un amuse-gueule et roula sa langue avant de le mordre doucement. Le serveur la regardait du coin de l'oeil. Elle lui prit la main et le rapprocha d'elle pour lui chuchoter à l'oreille.

—Tu as une érection phénoménale mon chéri.

Les sueurs apparurent sur le front du serveur.

—Oui, désolé madame.

—Qui te met dans cet état?

—Hum, vous deux. Vous êtes tout simplement magnifiques.

—Alors, nous ne devons pas te laisser dans un tel état, tu es d'accord?

Le serveur ne répondit pas. Il regarda Angel se tourner vers Kelly.

—Angel arrête.

Angel se mordit la lèvre et elle prit le menton de Kelly puis l'embrassa, celle-ci répondit immédiatement à son baiser. Angel regarda le serveur tout en embrassant Kelly, elle glissa sa main sur la cuisse de Kelly. Le serveur envalait péniblement, mais il ne bougeait pas. Angel laissa glisser sa main jusqu'à faire jouir Kelly et le serveur avait joui lui aussi. Angel lui sourit et il partit avec son cabaret à l'avant de son pantalon pour cacher ce qu'il avait fait.

—Je crois que nous allons vivre des moments très intenses dans notre voyage Angel.

—Non Kelly, je ne crois pas.

Angel se retourna vers Kelly qui souriait à pleine dent. Elle lui lança un regard féroce et parti.

Kelly resta plantée là seule, elle ne comprenait pas ce qu'Angel venait de lui faire, comment elle avait réagi après.

—"Moi qui croyais que ce voyage était pour nous seuls, non il a pris des invités monsieur, et ce, sans me consulter. Il revient toujours à vouloir contrôler ma vie, mais je crois que je me rends compte qu'il ne sera jamais capable de me traiter à son égal"

Angel arriva chez elle et se mit à fureter sur le net. La soumission était en train de lui nuire, ses désirs constants de faire l'amour, de penser qu'au sexe l'effrayaient aussi.

—"Je ne me comprends plus moi-même, c'est trop. Pourquoi j'ai fait ça, pourquoi je les ai fait jouir tous les deux au restaurant? Qu'est-ce que je suis devenue?"

Will était en voyage d'affaires et elle le retrouverait sur le bateau. Il arriva plus tôt que prévu et s'aperçut que quelque chose n'allait pas. Angel n'avait pas son sourire habituel et elle était distante. Il la prit dans ses bras.

—Ça ne va pas, dis-moi ce qui te tracasse?

—Rien, j'ai juste un peu mal à la tête. Je vais aller dans la piscine, ça me fera peut-être du bien de nager un peu.

—Bien, je vais te rejoindre plus tard.

—"Quand prévoit-il me dire que Kelly et Dylan sont du voyage"

—Oh! Rico, est-ce que le bateau part bientôt?

—Dans quelques heures seulement.

—Pourquoi, nous sommes là? Nous sommes prêts non?

—Il savait qu'elle le taquinait pour une raison quelconque.

—Mon ange, tu me dis ce que tu as au lieu de me faire ça.

—Oui, je vais te le dire. Pourquoi ne m'as tu pas dit que Kelly et Dylan feraient le voyage avec nous?

—Je voulais te faire une surprise, Kelly est ta meilleure amie non.

—J'aurais voulu l'apprendre de toi et non d'elle. Autre chose Rico, pourquoi Kelly sait-elle tout de notre vie sexuelle?

Il ne répondit pas et serra les dents. Elle alla enfiler son maillot. Elle nageait rapidement, elle devait décompresser, cette rage intérieure qui voulait exploser.

Kelly et Dylan arrivèrent avec Shean qui fût accueilli chaleureusement par Ricardo. Elle les salua de la main puis se remit à nager. Rico vint vers elle et l'arrêta en prenant son bras.

—Angel, s'il vous plaît ne fait pas ça.

—C'est drôle, après m'avoir enragé hier, quelqu'un d'autre m'a dit la même chose.

—Mon ange s'il vous plaît, change d'attitude. Viens avec moi dans la chambre et nous allons parler tu veux.

Elle sortit de l'eau et ils se rendirent dans la chambre.

—Pourquoi ne pas me l'avoir dit Rico?

—Je voulais...

—Non Rico, s'il vous plaît. Ne me sort pas encore cette histoire sordide de surprise. Dis-moi pourquoi.

—Dylan et moi avons été élevés ensemble, nous avons commencé les jeux de la soumission ensemble aussi et quelques fois, nous avions des jeux avec plusieurs participants. Voilà, disons que ce voyage fait partie de ton apprentissage.

—Je vois. Rico, je ne suis pas certaine d'être prête pour cela. Kelly est mon amie, mais je crois que j'aimerais m'en éloigner quelques fois. Tout ça me fait peur, ça devient trop pour moi. Tu aurais dû encore une fois en discuter avec moi avant.

Il la prit dans ses bras et l'embrassa tendrement.

—Si tu vois qu'il y a quelque chose que tu n'aimes pas durant le voyage, nous les laisserons s'amuser et nous viendrons dans notre chambre. Si tu veux, nous annulerons le voyage si tu ne te sens pas capable de continuer. Ça te va?

—"Quelle décision prendre. Sera-t-il fâché, déçu de moi? Je ne suis pas prête, mais si je ne le fais pas cela changera peut-être notre vie. Plus j'en accepte, plus il est doux pourtant. Je dois essayer, je ne dois pas le décevoir et que vont dire les autres s'il annule le voyage? Ils sauront que c'est ma faute. C'est injuste envers moi."

—Bien, je vais essayer Rico, mais pour l'instant, je ne crois pas pouvoir faire cela.

Il l'embrassa à nouveau et lui fit l'amour. C'était sa façon de la remercier.

Angel alla voir Kelly. Elle devait lui parler sinon elle ne pourrait plus lui faire face.

—Salut Kelly, ça va?
—Oui Angel, toi par contre, tu t'es remise d'hier?

—"Non, mais elle a quand même sa façon à elle bien spéciale de demander les choses." Oui. C'était une erreur et je ne veux plus y penser.

Kelly fit de gros yeux à Angel.

—Quoi?

Le bateau parti vers la mer et Angel se sentit soudain étouffé, elle se sentait prisonnière. Deux jours plus tard, elle se sentait mieux, ils avaient amarré dans des villes et villages et faits du magasinage, souper dans des restaurants, dansé, elle était plus relaxe.

Ils étaient en mer quand soudain le bateau s'arrêta et un hélicoptère atterrit sur le toit. Angel regarda Rico.

—Tu as invité quelqu'un d'autre?
—C'est l'invité de Dylan et Kelly.
—Oh!
—Je dois parler au pilot, je reviens mon ange.

Angel vit le serveur qu'elle avait fait jouir descendre de l'hélicoptère et rejoindre Ricardo et Shean. Elle ferma les yeux.

—"Non, ce n'est pas vrai. Elle m'a vendu."
Kelly, qu'est-ce que tu me fais là?

—Angel, Shean va maintenant travailler pour
Rico, alors nous étions à la recherche d'un gars à
qui nous pouvions faire confiance et après ton
départ hier, nous avons parlé et il était intéressé.

—Hé bien! Je ne voulais pas vraiment que
Rico sache ça, tu sais.

Kelly ne parlait pas, elle baissa les yeux et
jouets nerveusement avec sa bague. Angel vit
venir Rico et Dylan vers elles. Le serveur les
suivait. Rico fit les présentations.

—Angel, je crois que tu connais Luis…Luis je
te présente Angel.

—Enchanté de te revoir.

Elle lui fit un signe de la tête.

Luis alla avec Ricardo et Shean et Rico se
tourna vers Angel. Il lui chuchota à son oreille.

—J'ai appris pour le petit jeu que tu as fait
avec lui et Kelly.

—"Merde! Elle lui a vraiment dit." J'ai fait cela
parce que j'étais fâché contre toi, parce que tu
parles de notre sexualité et je n'aime pas ça.
C'était ma vengeance.

—Alors tu as fait jouir ce serveur. Tu ne lui as pas touché j'espère et j'espère aussi que lui non plus ne pas toucher?

—Non.

Tout retomba à la normale jusqu'à trois jours plus tard où, après s'être amusés tous ensemble dans une boîte, ils avaient dansé et bu, ils remontèrent sur le bateau et les trois gars, Ricardo, Shean et Luis étaient à nager nus.

—Ils sont nus Rico.

—Oui, ils sont nus, ils s'amusent eux aussi. Viens avec moi.

Il l'entraina sur le pont du deuxième et il l'attira vers la rampe.

—Je veux regarder avec toi, viens.

Elle avança, mais voulait soudainement voulu reculer. Elle savait que de les regarder, cela l'exciterait, mais le voulait-elle vraiment? Il l'a pris et l'embrassa.

—Nous n'allons que regarder mon ange.

Elle fit signe que oui. Il plaça ses mains chaque côté d'elle sur la rampe et la fit se retourner. Elle pouvait sentir son érection derrière elle.

—"Il a une érection à regarder des hommes. Il est bisexuel, merde c'est évident si Ricardo est soumis à lui. Tout ça commence à prendre une proportion que je n'aime pas. Je ne me sens plus bien dans cette relation. Je voudrais le garder pour moi seule. Rico m'a bien dit que si je n'y prenais pas du plaisir, que je devais arrêter. Mais le problème, c'est que lui le veut. Je me sens prise au piège."

Le ventre lui brûlait, cela l'excitait. Elle savait qu'elle ne devait pas, mais c'était devenu plus fort qu'elle.

—Regarde, ils vont s'amuser, ils vont initier Luis je crois.
—L'initier à quoi?
—À faire l'amour avec des hommes, à se laisser aller, à jouir avec eux et pour eux.

Kelly et Dylan étaient nus et ils entraient dans l'eau eux aussi.

—Tu veux aller t'amuser avec ton jeune serveur dans l'eau?

Angel se retourna d'un coup sec. Son jeu n'était plus drôle, il l'insultait.

—Ce n'est pas mon serveur Rico. Non je ne veux pas aller dans l'eau.

Elle vit Kelly aller vers Luis, elle le prit par le cou et il la prit dans ses bras, elle enroula ses jambes autour de lui et se laissa pénétrer.

—"Kelly…elle fait ça devant tous sans que cela semble la perturber."

Rico promenait ses mains sur Angel et il leva sa robe pour caresser ses fesses. Elle ne s'en rendait même plus compte tellement ce qu'elle voyait la surprenait. Dylan caressait Kelly de derrière, Ricardo et Shean faisaient l'amour en les regardant.

—Je ne veux plus Rico, je ne veux plus. C'est trop.

Il la reteint là.

—Regarde et laisse-toi aller mon ange. Tu sens comme j'ai besoin de toi à l'instant. Laisse-moi te faire l'amour ici.

Elle se dégagea et partit à courir pour aller dans leur chambre.

—Mon ange, qu'est-ce que tu fais bon Dieu!

—Je pars, je me force à accepter cette vie, ce monde, mais ce n'est pas le mien Rico. Tu m'avais dit que je pouvais te dire ce que je ne voulais pas faire Rico, je ne veux pas ça. L'autre problème Rico, c'est que je me rends compte que c'est vraiment ça ton monde, ta vie. Alors si je dis non et que je n'accepte pas, c'est comme si je te demandais de laisser ta vie pour moi. Je ne me sens pas mieux à faire cela. Je dois partir, je dois réfléchir…seule.

—Qu'est-ce qui ne va pas dans cette scène?

—S'il vous plaît, laisse-moi seule.

—Tu disais m'aimer pourtant, tu as un bon foyer et je suis prêt à te donner tout ce que tu veux. Viens nous allons rester ici pour ce soir et tout ira bien demain. Tu es fatigué.

—"Pour ce soir, et demain, ce sera à recommencer. Il en a jamais assez, jusqu'où veut-il aller."

—Tu veux faire l'amour, me soulager de cette tension dans mon pantalon?

Elle avait les larmes qui coulaient.

—Ah! mon ange, je vais te laisser te reposer. Tu sembles fatiguée depuis le début du voyage. Tu veux en parler?

—"Je viens de lui dire, il ne veut pas comprendre, il veut que j'accepte et c'est tout".

Non Rico, je crois qu'il est préférable que je dorme.

—Très bien, il l'embrassa sur la tempe et sortie de la chambre, il la laissa seule.

Elle prit un long bain et se coucha. Elle s'éveilla seule au matin. Elle s'habilla et se rendit à la cuisine. Ricardo, Shean et Luis préparaient le déjeuner. Ricardo s'avança vers elle et il fit signe à Shean et Luis de sortir.

—Salut, tu as bien dormi?

Elle ne répondit pas, les larmes coulaient sur ses joues.

—Angel, tu sais quand Rico m'a pris sous son aile, j'étais déjà bisexuel et j'étais aussi dans la drogue. Je n'avais plus de vie, je n'avais plus d'identité, je n'étais plus personne.

—Pourquoi me dis-tu ça Ricardo?

—Je voudrais que tu comprennes qu'il est un homme très bon. Il m'a fait soigner, ensuite il m'a amené sur un voyage en bateau, mais rien ne c'est passé. Un soir, nous avons pris un verre ensemble et il m'a expliqué ce qu'il recherchait dans la vie, un homme de confiance prêt à tout faire pour lui. Pour moi, lui était déjà mon homme de confiance pour moi. J'ai accepté le poste. Il m'avait aussi expliqué ses tendances sexuelles. Il ne pousse jamais personne Angel.

—Pourtant moi, il voudrait toujours que j'en accepte plus et plus. Il ne pousse personne Ricardo, c'est vrai, il les incite par différentes manières. Ricardo, dis-moi, il est aussi bisexuel?

Ricardo ne répondit pas à sa question.

—Il est quand même très bon, il aime le sexe c'est tout. Il faut y trouver son propre plaisir, ne pas le faire pour lui, mais bien pour toi même.

Angel avait les larmes qui coulaient de plus belle. Il lui serra la main.

—Je dois partir.

—Ne pleure pas Angel. Il fait toujours en sorte que si quelqu'un part, que cette personne puisse subvenir à ses besoins.

—Alors je ne suis pas la première et ni la dernière hein? Je ne veux pas de son argent Ricardo. Je l'aime vraiment en dehors du sexe, c'est lui que je voulais et non son argent. Je dois partir parce que je ne suis pas capable intérieurement d'accepter ce mode de vie. Quand pourrais-je rejoindre la terre ferme Ricardo?

—Si c'est vraiment ce que tu veux, un hélicoptère pourrait être ici dans trente minutes. Je vais préparer tes bagages.

—Non, j'ai tout ce qui est à moi dans ce sac. Je ne veux rien d'autre.

—Angel.

—Non Ricardo.

—Très bien, je vais faire l'appel et je reviens.

Elle resta seule dans la cuisine, elle se fit un café et attendit Ricardo.

—Rico, elle veut partir.

Il fit signe que oui dans lever la tête.

—Tu lui as dit que l'hélicoptère pouvait venir la chercher?

—Oui. Je dois l'appeler.

—Si elle n'est pas heureuse, je ne peux pas la retenir. Je suis ce que je suis Ricardo, je ne pourrai pas changer. Fais ce qu'il faut Ricardo pour qu'elle ne manque jamais de rien.

Ricardo l'installa dans l'hélicoptère et lui fit la bise.

—Tu vas me manquer Angel.

—Toi aussi Ricardo, merci pour tout.

Mon ange gardien d'amour

Tome 2

Angel est devenu comme Rico, accro au sexe. Elle a tellement besoin de lui. Elle fera des recherches pour trouver les réponses à ses questions qui la tourmentent avant de retourner vers lui, car elle sait qu'il lui cache certaines choses. Elle voudrait qu'il lui ouvre son coeur, mais pour ce faire, elle devrait continuer dans son monde de fantaisie sexuel, mais jusqu'où l'entrainera-t-il. Cela devient de plus en plus difficile de vivre sans lui. L'amour l'emportera sur eux. En retournant vers lui, Rico devra faire face, sinon il sait qu'il la perdra à nouveau. Il veut la protéger et l'aimer. Il sera détruit s'il la perd.

Trouvez-les, ils sont là

Mon ange gardien sexuel : Amour & Désirs

Mon ange gardien sexuel : Désirs & Limites

Mon bel amour

Le Prince Aja envoûté par Danna

Ogan Mezzo que rien n'arrête trouvera les amours de sa vie

La redoutable Zoé Mezzo devant la défaite…et l'amour

Zack Mezzo, le beau charmeur chevauche avec l'amour

Emmanuël Mezzo face à son secret

Michaël Mezzo tourmenté par ses amours

La famille Mezzo : L'intégral

L'amour interdit de Magalie

Amoureuse de son sauveur

Le cadeau de Gabriella

Un cowboy pour Mia

Mon ange gardien sexuel

Deux mois d'amour, une vie de passion

Mon oiseau volage d'amour

Annie taquine l'amour de sa vie

Destinée à lui

Alyssa, tu es mienne, eres mías

www.ingramcontent.com/pod-product-compliance
Lightning Source LLC
Chambersburg PA
CBHW070816120626
46556CB00002B/531